LA PIEDRA SANGRANTE

serie **Letras Árabes**

Dirigida por: Abdul H. Sadoun

آداب عربية

Serie dedicada a difundir lo mejor de la literatura árabe clásica y contemporánea, con traducciones directas del árabe al español. Además de ediciones bilingües árabe-español y abordajes de temas propios de la cultura y la literatura árabes.

IBRAHIM ALKONI

La piedra sangrante

TRADUCCIÓN DEL ÁRABE:
FRANCISCO M. RODRÍGUEZ SIERRA

ESTA OBRA HA SIDO TRADUCIDA EN EL MARCO DEL PROGRAMA DE TRADUCCIÓN *CLÁSICOS ÁRABES CONTEMPORÁNEOS* DE LA ESCUELA DE TRADUCTORES DE TOLEDO (UNIVERSIDAD DE CASTILLA-LA MANCHA), DIRIGIDO POR LUIS MIGUEL CAÑADA.

Título original: نزيف الحجر (Nazīf al-ḥaŷar), Riad El-Rayyes, Londres, 1990

Tr.ª Sierra de Gata, 5
La Poveda (Arganda del Rey)
28500 - Madrid
Teléf.: (+34) 910 46 54 33
e-mail: info@editorialverbum.es
https://editorialverbum.es

I.S.B.N.: 978-84-1136-139-2
Depósito Legal: M-15145-2024

Diseño de colección: Origen Gráfico, S. L.
Preimpresión: Adrians Esquivel Romero
Printed in Spain / Impreso en España

Este libro ha sido impreso con papel ecológico procedente de bosques sostenibles.

ÍNDICE

No hay animal en la tierra, ni ave que vuele con sus alas, que no constituyan comunidades como vosotros.

El Corán, "Los Rebaños", 37
[traducción de Julio Cortés]

Cuando estaban en el campo, se echó Caín sobre su hermano Abel y lo mató.
El Señor dijo a Caín: ¿Dónde está Abel, tu hermano?
Contestó: No sé, ¿soy yo, acaso, el guardián de mi hermano?
Replicó: ¿Qué has hecho? La voz de la sangre de tu hermano clama a mí desde la tierra.
Por eso te maldice esta tierra que ha abierto las fauces para recibir de tu mano la sangre de tu hermano. Cuando cultives el campo, no te entregará su fertilidad. Andarás errante y vagando por el mundo.

Antiguo Testamento, Génesis, IV

El icono de piedra

A los machos cabríos les daba por cornearse delante de él justo cuando se disponía a rezar.

Al caer la tarde y abandonar el disco ardiente su trono en el centro del cielo, despidiéndose y amenazando con volver de mañana para acabar su tarea de calcinar lo que no hubiera podido abrasar ese día, Assuf iniciaba la ablución con arena del valle para el rezo de la puesta de sol.

Oyó el rumor de un motor lejano, así que decidió apresurarse y cumplir con Dios antes de que llegaran los cristianos, a los que se había acostumbrado a recibir en el valle en los últimos años, para admirar los dibujos grabados en las piedras.

Pero los endemoniados machos cabríos se complacían en cornearse delante de él en el momento en que ensalzaba a Dios y musitaba la *Fátiha*, como si se regodearan con sus cornamentas o desearan mostrarle su maestría en darse topetazos. Ese día el comportamiento de los machos venía provocado por una hembra juguetona que había excitado a un cabrito obstinado que la había estado persiguiendo desde la mañana, palpándole la grupa con los morros e intentando con insistencia montarla por detrás, lo que enceló a los machos, que se congregaron y comenzaron a retarse armados con sus fenomenales cornamentas.

Interrumpió el rezo, maldijo a Satán y se fue a cumplir con su obligación frente a la roca más importante de todo Wadi Metjandush.

La roca se erigía al final de la vertiente occidental del valle, en su confluencia con el cauce del Aynsís, donde juntos conformaban uno solo, profundo y ancho, que descendía luego hacia el noreste hasta desembocar en el Gran Abrahoh, en Massak Mallet.

La gran roca marcaba el límite de la cadena de cuevas, en cuyo final se erguía como una pilastra angular, encarando por milenios el sol cruel, adornada con los más admirables dibujos del hombre prehistórico del Gran Desierto: a todo lo largo de la imponente peña se alzaba el Gran Sacerdote, su rostro oculto por aquella máscara misteriosa y la mano derecha posada en el arruí que, parado a su lado, imponente y tenaz, levantaba la testa, como el sacerdote, hacia el lejano horizonte por donde el sol sale y baña con sus rayos sus rostros cada día.

Durante miles de años el Gran Sacerdote y el Sagrado Arruí habían conservado sus trazos nítidos, profundos y majestuosos, hablando a las entrañas de la muda roca. Grabado en la piedra sólida el Sacerdote se mostraba de pie, más alto y grande incluso que la estatura de un ser humano real, inclinado un tanto hacia el Arruí Sagrado, éste de tamaño mayor que uno normal.

Naturalmente a Assuf no se le había pasado por la cabeza cuando recorría el desolado valle en su juventud, ocupado como estaba en el pastoreo de su ganado, que aquellos grabados rupestres tuvieran tal importancia, como ahora veía, convertidos en destino de turistas cristianos. Venían desde los más lejanos países, cruzando el desierto en sus vehículos todo terreno, para admirar las piedras, abiertas las bocas de pasmo ante su magnificencia, belleza y misterio. Cierta vez llegó a ver a una europea arrodillarse ante una de las rocas y musitar palabras extrañas, que intuyó eran rezos de los cristianos.

Los dibujos decoraban piedras en montañas y grutas de otros valles por todo Massak Settaft. Los había descubierto ya de niño, cuando se agotaba al correr tras el inquieto rebaño y se refugiaba en las oquedades buscando sombra frente al sol, procurándose así momentos de tranquilidad. Entonces se entretenía observando aquellos trazos de colores: cazadores de raros rostros alargados que perseguían animales, de los que solo reconocía los arruís, las gacelas y los búfalos. En las rocas, además, había mujeres desnudas con pechos cargados de senos grandes, desproporcionados de lo enormes que eran. Ver esto le hacía reír: se imaginaba que esas tetas debían de dificultar los andares de las mujeres al moverse; así que se recostaba riendo a carcajadas cuyo eco misterioso reverberaba por las cuevas olvidadas.

Más tarde descubrió otros dibujos mientras brincaba por las colinas tras las cabras. Vio en los muros de piedra rostros espantosos, como de monstruos y animales horribles que no hay en el desierto. Le extrañó que su madre no se los hubiera mencionado en las leyendas, ni tampoco su padre antes de fallecer en aquella persecución terrible tras el arruí embrujado.

—Son los antiguos habitantes de las cuevas —le dijo su madre—, los primeros ancestros.

—Pero me dijiste que las cuevas estaban habitadas por los genios.

Lo miró con extrañeza. Sonrió, balanceándose de derecha e izquierda al batir el odre de leche entre sus manos.

—¿Es que nuestros antepasados eran genios? —insistió.

Ella contuvo la risa, pero él clavó la mirada en sus ojos. Repitió la pregunta, y ella le espetó molesta:

—Pregúntale a tu padre.

Preguntó a su padre, que se rio:

—Quizá fueran genios, pero de los buenos. Los genios, como la gente, se dividen en dos cabilas: la de los buenos y la de los malos. Nosotros pertenecemos al primer grupo, a la cabila de los genios que escogió el bien.

—¿Por esa razón no tenemos vecinos?

—Sí, por esa razón. Si te acercas a los malos, el mal te acaba alcanzando. El ser humano que prefiera el bien, debe rehuir de la gente para que no le alcance daño alguno. Y lo mismo hace ese grupo de genios. Han habitado las cuevas huyendo del mal desde hace muchísimo tiempo. ¿No los has oído conversando en las noches de luna?

—¿Por qué asustas al niño con esas historias? —intervino su madre—. Mejor vete a ordeñar la camella y tráeme la leche para la cena.

El padre se rio mientras se levantaba. Assuf se volvió hacia su madre:

—Yo oigo las conversaciones de los genios en las cuevas cada día. Dicen cosas raras y a veces les da por cantar. No les tengo miedo.

Ella se rio y echó unas ramitas al fuego. Él siguió distrayéndose con las caras de los genios en las cuevas de las montañas.

Huía del calor ardiente y se protegía jadeando en las oquedades de las rocas. Se recostaba un momento, luego reptaba hasta la pared de piedra y comenzaba a retirar capas de polvo para descubrir las líneas grabadas en la roca. Acariciaba las mudas paredes hasta que asomaban aquellas largas caras enmascaradas y aparecían animales huyendo de cazadores: arruís, gacelas, búfalos y otros muchos, grandes y de largas patas, que ya no se veían por el desierto.

Luego comenzó a nombrar valles, barrancos y montañas con los nombres de los fantasmas dibujados en sus rocas: éste era el Valle de las Gacelas; aquél era el Valle de los Cazadores; esa era la Montaña del Arruí, y aquél, el Llano de los Pastores. Incluso descubrió el Gran Genio, el coloso enmascarado, erguido junto a su arruí solemne, vuelto hacia la quibla del amanecer, invocando el rezo eterno.

Aquel día estuvo persiguiendo a la cabra más rebelde del rebaño, que se había separado del resto del ganado y descendido al desolado valle de Metjandush. Corrió tras ella hasta alcanzarla en la desembocadura con el vecino Aynsís, con cuya confluencia conformaban un solo cauce profundo y majestuoso que continuaba su arduo recorrido por el desierto hacia las planicies de Abrahoh. Había allí una hilera de cuevas coronadas por riscos ciclópeos, que acababan en aquel peñasco desmedido, erguido como un edificio elevado a los cielos, cual ídolo pagano construido por dioses. El Genio de la máscara, con su Arruí Sagrado, cubría de arriba abajo aquella tremenda pared de piedra. Permaneció de pie largo tiempo observando el mural. Luego intentó escalar por las rocas para tocar la enorme máscara del genio, pero no pudo.

El recorrido hasta arriba de la peña estaba flanqueado de rocas impracticables. Lo intentó de nuevo, aferrándose a piedras lisas, pero un cúmulo de guijarros cedió bajo sus pies y se precipitó de espaldas al cauce seco.

Allí quedó retorciéndose de dolor. Se arrastró a cuatro patas intentando buscar la sombra de una acacia verde que se alzaba en el centro de la vaguada. Su corazón latía violentamente y su cuerpo parecía sangrar sudor. Llegó al árbol, pero la sombra se ocultó. Pese a la sorpresa por la desaparición de la sombra, se recostó debajo y esperó a que se pusiera el sol cruel.

Al día siguiente descubrió que la cabra rebelde escapada del rebaño y que le había guiado hasta la cueva del Gran Genio había sucumbido ante los chacales aquella misma noche. Entonces recordó cómo la acacia lo había abandonado, negándole su sombra cuando buscaba cobijo tras caerse de la peña.

La oración ante el ídolo (El centinela)

Remató su oración y echó la cabeza atrás siguiendo el enorme muro que se alzaba sobre él. El Gran Genio lo bendecía. Su enigmática mirada tras la máscara expresaba satisfacción y serenidad. El Arruí Solemne, coronado de cuernos retorcidos, coincidía también con su dios y sugería que aceptaban su oración y que se había ganado la indulgencia del señor del templo.

Assuf no se había percatado de que había errado la orientación. No había dirigido sus genuflexiones hacia la Kaaba, sino hacia el ídolo de piedra que se levantaba sobre su cabeza, en lo hondo del profundo valle.

El rumor del automóvil se aproximaba. Se levantó para reunir las cabras dispersas antes de que llegaran los turistas y antes de que cayera la tarde. Una parte de ellas se había desperdigado por la vaguada vecina, mientras que otras habían remontado los altos de las colinas buscando vegetación entre las piedras y persiguiendo sus inquietos cabritos con energía y vitalidad.

Calculó que podría hacer regresar las cabras y agrupar el rebaño antes de que llegaran los visitantes. La cercanía del ruido de un motor en el desierto no significa cercanía del vehículo. Los sonidos en el yermo engañan y confunden. Por la mañana temprano y al caer la tarde el silencio aproxima el grito más lejano y fabrica con él chillidos y ruidos.

Recordó cuando hace años vinieron los hombres del Servicio de Antigüedades con una caravana de vehículos y pasaron la noche en Metjandush, acompañados por un anciano italiano rubio del que dijeron que era un sabio arqueólogo: alto, de cuerpo enjuto y canoso, se protegía la vista de la luz del sol con grandes gafas oscuras y anotaba comentarios en un cuaderno que tenía siempre entre las manos. Estuvo saltando todo el día entre piedras como triscan las cabritillas inquietas. Era ágil, de trancos rápidos, y subía los promontorios con una presteza que parecía impugnar su edad.

Cenaron una cría de gacela que habían traído desde Massak Mallet. Por la mañana le regalaron latas de sardinas y atún, leche envasada y una hogaza de pan blanco. Uno de los funcionarios del Servicio de Antigüedades le dijo: «Ahora eres el guarda del Valle de Metjandush. Eres nuestros ojos en el valle. Va a venir mucha gente de todo tipo y religión a contemplar los restos arqueológicos. Deberás vigilarlos. No les permitas robar las piedras. No permitas que las destruyan. Estas piedras son un gran tesoro. Estos dibujos son el orgullo de nuestro país. Ten los ojos abiertos. Son insaciables y codiciosos. Roban nuestras piedras para venderlas en sus países a cambio de miles, de millones. No les quites la vista de encima. Eres el centinela». Luego hizo con la mano un gesto de conmiseración, sacó de su bolsillo diez libras y se las metió en el bolsillo de sus holgadas ropas: «Esto es un adelanto. Te abonaremos mensualmente. Cobrarás del Servicio un sueldo mensual. ¿Sabes lo que significa que cobres un sueldo del Gobierno?». Gesticuló otra vez y la pena de sus ojos mutó en algo parecido al desconsuelo.

Assuf le devolvió las diez libras y contestó que no sabría qué hacer con ellas: «Yo guardo el valle. Guardo todos los valles de Massak Settaft sin dinero. ¿Qué hago con ese dinero en Massak?».

El hombre soltó una risa nerviosa, e insistió en intentar convencerle: «Pero eso no puede ser. Tienes que cobrar si eres funcionario. Es tu derecho. Esto es del Gobierno. Una paga. Eres un centinela. Eres funcionario. ¿Cómo te lo explico?».

Le dio más latas y abandonó el valle con su equipo. No volvió a verle desde aquel día. Recordaba sólo la mirada del funcionario de Antigüedades. ¿Sería compasión, sería pena? ¿Acaso impotencia? ¿Compasión mezclada con pena por ser incapaz de convencerle de que cobrara el sueldo? El funcionario parecía cansado y derrotado. Quizás fuera su primer viaje por el desierto y había acabado exhausto. Los italianos mostraron más vitalidad y actividad y más interés por las piedras.

Desde aquel día los visitantes comenzaron a afluir al valle olvidado desde hacía miles de años. Venían por grupos cada dos semanas de promedio, a veces cada mes. Rara vez se ausentaban más de un mes.

Todos eran extranjeros, hombres y mujeres, viejos y jóvenes; cristianos de todo género. Se arrodillaban ante el Gran Genio, tomaban fotos delante del templo y, a veces, pasaban la noche. Luego partían de regreso después de haberle dejado latas, queso, leche en polvo o envasada, té, azúcar, galletas. Eran generosos..., más que el Servicio de Antigüedades de los oasis.

Muchas veces se preguntó por el misterio de ese interés de los cristianos por los dibujos antiguos. Había llegado a la convicción de que los cristianos peregrinaban hasta los ídolos paganos de Metjandush porque habían abrazado la misma religión antigua, ya que ellos no creían en el profeta Mahoma ni se arrodillaban mirando a la Kaaba como los musulmanes. La compunción, la entrega, el gozo y la sumisión que expresaban sus ojos le revelaban señales ocultas que se dibujaban en sus rostros mientras examinaban la magnificencia del Gran Soberano del valle y de su Arruí Sagrado, que a su lado se alzaba escudriñando el lejano horizonte.

Los cristianos se ponían de pie delante del coloso enmascarado, como los musulmanes ante Dios. Sin embargo, su padre le había dicho que el Genio enmascarado era también su antepasado.

El visitante del crepúsculo

Pudo reunir el ganado en la cueva grande antes de que llegaran los visitantes.

El ruido crecía. Vio el torbellino de polvo elevándose en el horizonte a través de la extensa llanura. Las cabras balaban más fuerte y los cabritillos brincaban a la entrada de la cueva protestando por el temprano enclaustramiento. El sol se ocultó tras la montaña, aunque siguió derramando sus rayos rojizos sobre la llanura opuesta. Cuando se pone, al sol le gusta vestir el desierto con un velo ígneo.

El vehículo inició la bajada al valle. Se detuvo en el lecho seco junto a las acacias. Los matorrales diseminados conservaban el verdor desde los torrentes del año pasado. Del vehículo descendieron dos hombres de diferente talla y cuerpo. Uno era alto y el otro bajo. El alto era delgado, y el bajo, grueso. De edades parejas, el bajo parecía más despabilado y activo pese a su sobrepeso. Se ocupó de descargar el coche y echar los bultos a tierra entre matas verdes bajo una acacia alta: cacharros, platos, cajas de madera, sacos de arpillera y una gran tienda. Se puso a montar la jaima, mientras el otro hombre, el del largo talle, se le acercó. Desde lejos lo saludó con la mano, así que Assuf se armó de valor y avanzó hacia él. Se encontraron a mitad de camino.

Le dio la mano con efusividad y lo saludó sonriendo:

—Tú debes de ser Assuf, el genio que ha preferido vivir en el yermo desolado a convivir con la gente, ¿no es así? Nos han hablado de ti en Wadi Alayal

Assuf no respondió. Para disimular su azoramiento se apresuró a colocarse bien el embozo del pañuelo sobre la cara. El hombre preguntó, mientras escudriñaba las montañas con una mirada panorámica y las manos en la cadera:

—¿Te visitan muchos turistas por aquí? Hemos oído que los extranjeros se nos han adelantado por todas partes en el desierto. Allá donde vayamos nos encontramos con que se nos han adelantado. Los extranjeros son como diablos.

En su cinturón Assuf observó un arma negra. Esa arma pequeña que llamaban pistola.

—Sí —respondió—, hasta ahora solo han venido cristianos a Metjandush. Es la primera vez que veo musulmanes.

El hombre se rio.

—¿Quién te ha dicho que somos musulmanes? —le corrigió.

Assuf se azoró de nuevo, y se apresuró a disimular su confusión estirando el velo que le cubría la cara.

El hombre notó su fastidio y lo tranquilizó.

—Estoy bromeando. Somos musulmanes, aunque no hemos rezado ni dado limosna ni peregrinado a la Casa de Dios ni una sola vez.

Assuf dudó antes de preguntar:

—¿Habéis venido a contemplar los restos arqueológicos? Si queréis, puedo guiaros a sitios que los cristianos no han visto, que no ha visto antes ningún ser humano.

El hombre soltó una larga carcajada, la cortó y dijo con sorna:

—¿Restos? ¿Y qué vamos a hacer nosotros con esos restos? ¿No sabes que nosotros mismos lo somos? Nosotros, igual que tú, somos vestigios que visitar. Los europeos vienen desde más allá del mar para observarnos y contemplar cómo vivimos. ¿Has visto un resto al que le interesen los restos? Ja, ja, ja…

La sangre subió a las prominentes mejillas de Assuf. No sabía qué hacer con sus manos y sus ojos. La excitación se le pasó a los miembros y comenzó a temblar.

El huésped explicó:

—Lo cierto es que hemos venido en búsqueda de otros restos… Huellas de arruí. ¿Sabrías ponernos tras su pista? Dicen que sabes hasta dónde ponen sus huevos los pájaros de Massak Settaft.

Assuf se volvió hacia él y vio en sus ojos un brillo extraño. Inquirió, sin dejar de temblar:

—¿Quién lo ha dicho? El arruí se extinguió hace tiempo, como las gacelas. No sé nada de huellas de arruí.

Seguía temblando. Al hombre no le gustó la respuesta, pero pareció contener su enfado y concedió, con mirada de duda:

—Muy bien. Entonces nos llevarás a rastrear huellas, ya que dices que no sabes dónde habita el arruí.

Se acercaron a la tienda de campaña y el hombre añadió:

—Pero yo no puedo pasar la noche sin haber comido carne. ¿Cómo voy a cenar sin carne?

Su compañero el gordo se rio y añadió sin dar la mano a Assuf:

—Créetelo. No ha dormido una sola noche sin haber comido carne desde que lo parió su madre. Dicen que cuando lo parió ya venía con un pedazo en la boca…, y de cordero nada menos, ja, ja, ja. He vivido con él desde entonces y puedo asegurarte que se comería a sí mismo si no encontrara para cenar, ja, ja, ja… Si duermes a su lado más te vale tener un ojo abierto si no ha cenado carne, no sea que se te acerque y te devore, ja, ja, ja…

Assuf balbuceó inocentemente:

—¡Dios mío!, ¿hasta ese punto te gusta la carne?

El alto respondió, castañeando los dientes mientras sus ojos despedían un brillo raro:

—¿Hay en este mundo algo más sabroso que la carne? Todo comienza y acaba en ella. La mujer también es carne. ¿Has probado la de mujer?

Assuf negó con la cabeza y desasosiego en los ojos. El hombre añadió entre risas:

—Entonces eres un pobre desgraciado. No has probado la carne de mujer. Es la más sabrosa, si no contamos la de gacela, la del cordero, la del arruí, ja, ja, ja… Todas las carnes son sabrosas. ¿Has probado la carne de…?

Assuf chilló consternado:

—No, no…, yo no he probado carne. No como carne.

—¿Que no comes carne? ¿Qué haces con tu vida entonces?

El hombre se lo pensó un momento y dijo:

—Aunque tienes razón. Quien no come carne no tiene más remedio que apartarse de la gente. No es casual que hayas escogido vivir en este yermo desolado. Porque quien no come carne no vive. Tú no estás vivo. Tú estás muerto.

Assuf retrocedió dos pasos y dijo, como queriendo escapar:

—Dicen que en el norte os habéis comido todos los carneros del mundo. ¿Es eso cierto?

—Ja, ja… Mira lo que dice. Cierto, cierto…

—También dicen que habéis acabado con todos los rebaños de gacelas en la Hamada Roja. ¿Es verdad?

—Ja ja… Ven, mira lo que dice. Es cierto. Me siento orgulloso de haberme comido la última gacela del desierto del norte. ¿Tienes algo en contra? ¿Eso es malo?

Assuf guardó silencio unos instantes, y añadió confuso:

—En todo este desierto no hay un arruí. Desapareció hace tiempo. Tengo cabras. Puedo sacrificarte una cabra.

El hombre se rio hasta casi caerse de espaldas. El arma se dejó ver en su cintura. Luego escupió varias veces en la arena y espetó con brusquedad:

—¡Puaj!, ¿llamas carne a la carne de cabra? Es una porquería que ni los perros quieren y a los chacales les daría vergüenza comerla. Yo no como carne de cabra. No he comido carne de cabra en mi vida. No me vi obligado a hacerlo ni en mis días de peor suerte.

De repente hundió la cabeza en un matorral seco y comenzó a vomitar.

El gordo le reprochó:

—¿Has visto lo que has hecho con tu huésped? La carne de cabra le da asco.

Assuf dijo con inocencia:

—¿Y qué le hago? Solo tengo cabras.

—No le recuerdes las cabras otra vez. Los que como él padecen de adicción a la carne no comen cabra normalmente. Hay muchos como él en el norte.

Comenzó a abrir cajas y a sacar el contenido. Una sonrisa astuta asomó en sus ojos mientras decía:

—Más le valdría al anfitrión mostrarnos la cueva del arruí en lugar de sacrificar cabras escuálidas. ¿Dónde se esconde el arruí en estas montañas? Su escondrijo no se te puede haber pasado si te sabes al dedillo los trazos de los antiguos en las piedras y conversas con los genios en las noches claras de luna. Eso es lo que nos han dicho. El beduino solitario es amigo íntimo de los genios.

Se rio sin levantar la cabeza de cacharros, platos y equipaje. Luego guiñó a su compañero y los dos se encaminaron hacia el sur por los promontorios del valle en busca de leña. Los observó mientras hablaban con voz queda y se agachaban a por ramas secas.

Volvió a donde su ganado, azuzó a los cabritillos y los devolvió a la cueva grande. Los vio inspeccionando los dibujos de las piedras altas sin mayor interés. Señalaban de vez en cuando a los murales y se ahogaban en carcajadas. El eco de las risas rebotaba en las cumbres altas del oeste.

Regresaron con un hato de leña. El gordo la tiró junto a la jaima y gritó a Assuf:

—¡Escucha, como te llames! Nos vamos a inspeccionar los valles cercanos antes de la puesta de sol. Vigila nuestras cosas y la comida.

Saltaron al coche y partieron a través del valle, en la otra dirección que lleva hacia Abrahoh. El sol se escurrió tras las montañas coronadas de peñas verticales, de modo que las sombras se esparcieron en el valle opuesto como una columna de soldados fabulosos.

Le pareció que las risas y los murmullos de aquellos dos rebotaban en las rocas del valle… Risas y murmullos que le molestaban sin comprender la causa. Lo sentía en el corazón.

Un demonio llamado hombre

El corazón es el guía que permite al solitario comprender a la gente.

El corazón es el fuego que guía al beduino en el desierto de este mundo, como guía la estrella polar a quien se extravía en el desierto. Todas las estrellas se mueven, se desplazan, cambian de posición y se ocultan. Pero ella permanece fija hasta la mañana.

La estrella polar, como el corazón, no engaña.

Su padre también le aconsejó, antes de morir, que hiciera caso a su corazón.

Se sentaba delante de él a la luz de la luna en las noches de verano y le enseñaba la azora de la *Fátiha* para ayudarse en la oración. Cada día debía memorizar una de las aleyas. Cuando ya se supo la azora entera le advirtió: «Debes hacer caso a tu corazón. ¿De qué vale un beduino sin él? El hijo del desierto que desperdicia su corazón se extravía entre la gente, porque no comprende sus artimañas».

Le enseñó también la azora de *La fe pura* antes de morir de aquella manera horrible. Vivían viajando y desplazándose solos por el desierto. No recordaba desde que naciera que hubieran sido vecinos de un solo ser humano. Recordaba de su infancia que una familia desplazada de Tadrart se asentó cierto día en los valles de arriba cuando los cielos regalaron a Massak lluvias generosas aquel año. Al alba lo despertó una agitación madrugadora, abrió los ojos y se encontró a su padre empaquetando bártulos, ensillando y atando los camellos, y preparándose para viajar. No lo había despertado el revuelo y la recogida de cacharros y bandejas, sino una fuerte discusión entre sus padres. Comprendió que la discordia la provocaba esa partida repentina, ya que su madre, que valoraba en mucho la vergüenza, el deshonor y la opinión de la gente, entendía que era un insulto a los nuevos huéspedes del valle y una deshonra para ellos mismos. Oyó a su padre indignado: «Soy vecino de los genios, no de los seres humanos. Dios me libre de la mezquindad de la gente». Muchas veces le había oído en las majadas cantar una canción, que él decía haber oído a su vez de boca de los sufíes de las zagüías de Alawenat: "El desierto es un tesoro. Es una gratificación para quien desee salvarse de la sumisión de la esclavitud y del dolor de los esclavos. En él hay satisfacción, hay entrega, hay deseo". Cerraba los párpados y se balanceaba de derecha a izquierda, a la manera de los sufíes cuando caían en trance.

Lo acompañó en los viajes en busca de pastos y de caza, y él le enseñó a domar camellos cimarrones y a entrenarlos para hacerlos dóciles y rápidos. En Massak Settaft lo adiestró en la caza del arruí y pasó días en Massak Mallet aprendiendo a disparar con la escopeta. Lo despertaba temprano para acosar en el umbral del amanecer los rebaños de gacelas que pastaban en las dehesas y los valles.

Le gustaba de noche preparar el té verde y hablarle de las características de los animales y las aves del desierto. Apartaba las piedras del suelo, se acomodaba en la arena, se descubría la boca y la barba adornada con finas canas, y le sonreía antes comenzar:

—¿Qué opinas tú? ¿Qué dice la gacela al ver al enemigo? Dice: ¡al valle! ¿Qué dice el arruí cuando se expone al peligro del enemigo? Dice: ¡a la montaña! La montaña es para la gacela una celada, y una celada es el valle para el arruí.

Luego levantaba la cabeza hacia las estrellas y entonaba una canción triste, antes de volver a contarle lo que le aconteció con el arruí:

—Di alcance a un arruí extraviado en la gran llanura. Lo había perseguido con mi mehari hasta que el cansancio lo derrotó. ¿Sabes qué hizo cuando sus fuerzas lo abandonaron? Se giró y atacó al mehari. Lo embistió con saña con sus cuernos, de modo que al mehari le entró miedo y reculó. Me vi obligado a bajarme y hacer frente al animal loco sólo con una cuerda de fibra de palmera. Intenté ahogarlo con la cuerda, pero me propinó un topetazo que me tumbó en la arena. Lo agarré por sus largos cuernos, y

¿qué descubrí? Que no hay nada más poderoso que los cuernos del arruí. ¡Válgame Dios, que si son fuertes! Me levantó del suelo y me lanzó lejos de un solo movimiento. Luego me vino detrás para machacarme con su cornamenta del demonio, pero esquivé esas cuchillas en el último momento. Partía piedras con violencia. Luego levantó su cabeza hacia mí y, en ese instante fugaz, vi odio y rebeldía en sus ojos; vi tenacidad, ira y otras cosas que no entendí. Los labios le espumeaban y su pelo blanco estaba sucio de excrementos y barro. Comprendí que no podría dominarlo con mis manos desnudas, así que salté y corrí hacia el mehari para agarrar la escopeta que colgaba de la silla.

Súbitamente se calló, miró hacia las densas sombras del páramo, con una repentina pena en los ojos. Se levantó, juntó sus manos en el pecho, sin apartar el rostro de las tinieblas y el vacío, y prosiguió:

—Olvidé decirte que nuestra lucha tuvo lugar en un valle lejos de zonas altas. El arruí sabía que no conseguiría salvarse al haberse alejado de la protección de las montañas. En medio del valle se levantaba una peña coronada con rocas altas y lisas. Cuando vio que me hacía con la escopeta escaló las rocas con un movimiento rapidísimo, saltó al suelo y se rompió el cuello. Sangró por el hocico y murió sin que hubiera desaparecido de sus ojos abiertos aquella mirada extraña: una mezcla de rebeldía, ira e impotencia.

—¿Lo bendijiste? ¿Lo sacrificaste? —preguntó Assuf.

—¿Cómo voy a sacrificar un animal que se ha suicidado? —respondió sin volverse—. Además, murió al instante. Te he dicho que se rompió el pescuezo. Era un cadáver.

Suspiró y añadió leña al fuego exangüe.

—No consigo olvidar ese arruí loco. Es difícil olvidar la mirada de espanto y desesperación con la que me miraba cuando vio la escopeta en mis manos y perdió toda esperanza de salvación. ¡Pobre loco!

Esperó hasta la luna nueva para explicarle por qué el arruí era el espíritu de las montañas. Antiguamente las montañas del desierto estaban en guerra eterna con el desierto de arena. Los dioses del cielo descendían a la tierra con las lluvias, separaban a ambos contendientes y calmaban el ardor de la hostilidad entre ambos. Pero apenas los dioses abandonaban el campo de batalla y cesaban las lluvias, la guerra volvía a estallar entre los eternos enemigos. Cierto día los dioses de los cielos superiores se enojaron y castigaron a los combatientes. Petrificaron las montañas en Massak Mallet, pero la arena se las ingenió para introducirse en los espíritus de las gacelas, y las montañas por su parte se las ingeniaron para introducirse en el arruí. Desde aquel día el arruí está poseído por el espíritu de las montañas.

Aquella noche Assuf preguntó, aludiendo al relato sobre los espíritus:

—Pero la gacela y el arruí no luchan ahora.

Soltó una carcajada, se recostó en el suelo y respondió con un tono enigmático, mientras contemplaba la luna emergiendo mágicamente de la profundidad de las tinieblas:

—Porque Dios hizo bajar a la tierra una fatalidad aún mayor para ambos. El ser humano llegó para convertirse en un único enemigo para gacela y arruí. Los dioses se habían ya aburrido de quejas infantiles: a veces las arenas se alzaban y elevaban a los cielos sus quejas, pretendiendo que las montañas eran las que habían comenzado las provocaciones, y otras veces eran las cumbres de las montañas las que se quejaban de los ataques de las arenas. Así que los dioses se enfadaron y castigaron a los dos rivales con la llegada de un demonio: el ser humano. Le encargaron una misión, de modo que llegó y se instaló en el valle que los separaba. Los dioses se alegraron y no volvieron a oír queja alguna desde aquel día.

Entonces se volvió hacia él y le dijo en el mismo tono apagado:

—¿Cómo voy a ser vecino del ser humano? Tu madre me riñe y quiere que regrese junto a la cabila en Abrahoh. Se queja de la soledad y llora por las noches. Tú sabes que llora por las noches y que me dice que soy yo el demonio, y no la gente. Pero yo no puedo vivir cerca de nadie. Eso es lo que me enseñó mi abuelo, y por eso tengo que enseñártelo yo. Solo deseo seguridad. ¿Me entiendes?

Luego entonó aquella canción triste.

Las gentes de Tassili consideran de mal agüero cazar el muflón (el arruí).
Por ello el cazador murmura conjuros mágicos,
coloca una piedra sobre su cabeza
y salta a cuatro patas antes partir de cacería.

Henri Lhote, *À la découverte des fresques du Tâssili*

El precio de la soledad

Pero el disfrute con su padre de la tranquila soledad del desierto no duró mucho. El viejo marchó al oeste a cazar el arruí por las montañas de Msis y decidió no volver. Lo esperaron varios días, tras los cuales su madre le expresó su preocupación:

—Tu padre no se ausenta sin una razón. Ha pasado ya más de una semana desde su partida.

Se aprovisionó de agua y dátiles y siguió su rastro. Su padre no tenía armas, por eso había renunciado a las gacelas de Massak Mallet y se había visto obligado a perseguir entre las cumbres al arruí poseído. Desde el incidente le imponía respeto la caza del arruí, y solo se dirigía hacia las imponentes montañas después de haber recitado todos los versículos que se sabía del Corán, haber repetido los conjuros de los hechiceros negros en lengua hausa y haberse colgado al cuello amuletos protectores envueltos en piel de serpiente que le traían los comerciantes de las caravanas de adivinos de Kanu. Un día antes de marchar se sentaba y murmuraba sus jaculatorias, hacía voto de silencio, no respondía a quien le hablaba y dormía fuera de la jaima para no verse obligado a intercambiar palabras con ninguno de los dos. Al amanecer partía a lomos de su camello con las manos vacías. Así era, inerme, puesto que las balas de la antigua escopeta se le habían agotado y las fechas de los viajes de las caravanas de comerciantes hacia Sudán y Agadés se habían espaciado. Meses transcurrían sin que pasara una caravana viniendo de los países de los negros o yendo hacia allá. Sus lazos con la gente de los oasis de Wadi Alayal, Ghat, Alawenat o Murzuk estaban rotos; sobre todo después de que se difundieran noticias sobre el avance de los italianos por la costa con la intención de internarse hacia el sur para invadir el Sáhara. Esto elevó el precio de la munición, hizo que el intercambio de armas entre la gente se convirtiera en un acto prohibido rodeado de peligros, y que cada beduino del desierto se guardara una bala y esperara defender con ella a sus hijos, en ese momento decisivo en el que el enemigo irrumpiera en los límites del Sáhara; porque los italianos, cuando entraran en el desierto, lo harían jaima por jaima. Pese al aislamiento de las tierras del sur, el viento seguía llevándoles noticias de ataques en el norte, como siempre había difundido entre las tribus del desierto rumores de boda o divorcio, escándalos, nacimientos y fallecimientos. Nada se le oculta al desierto, por mucho que te aísles en él.

Pero la madre le susurró en su ausencia: «No le hagas caso. Escondió unas cuantas en la cueva de los Cazadores. Es prudente gastando balas». En su momento se rio, y recordó lo que su padre le había aseverado cierta vez: «El hombre en el desierto debe economizar dos cosas: agua y balas». Le dijo también que el agua y las balas en el yermo son como el aire, el pilar de la vida: si te falta el primero, mueres de sed; si te falta el segundo, el enemigo te abate, sea humano, fiera o víbora. El agua y las balas son inseparables del hombre solitario: puede prescindir de cualquier cosa menos de estas dos. En su momento no dudó de que su madre estuviera en lo cierto. Ocultaba las balas en la cueva para el día fatídico poder afirmar su hombría, su fuerza; para disparar a la cara del enemigo antes de morir, para que el enemigo no se alegrara de su desgracia y le arrastrara atado con una soga, como un cordero. Morir con una escopeta en la mano no es un deshonor: lo es morir como un cordero. La vergüenza es caer vivo en manos del enemigo. Caer prisionero. Solo caen prisioneros los cobardes o los desarmados.

Por eso su padre optó por ser precavido y esconder la munición en la cueva de los Cazadores, se fue desarmado a la caza del arruí y acabó muriendo de aquella manera horrible. Si no hubiera tenido tanto cuidado en no caer vivo en manos de los enemigos y no hubiera reservado pólvora para el día decisivo, no habría muerto de aquella manera atroz.

Pasó días rastreándolo. Cuando halló señales de la pelea con el arruí en Wadi Aynsís se inquietó. Siguió las huellas de la batalla por todo el valle. Encontró manchas de sangre por las piedras y goterones salpicando el corazón de la vaguada. No sabía si el herido sería el arruí o su padre. Las huellas aparecían y desaparecían. Se desviaban hacia la izquierda en dirección a la empinada pendiente cubierta por una capa de afilados guijarros negros, y luego regresaban al fondo arenoso, donde había acacias y arbustos desperdigados. Bajo una acacia grande la batalla se habría intensificado. Las huellas eran densas, muchas y entremezcladas. ¿Había intentado el anciano atar el animal salvaje al tronco de la acacia grande, y luego ganó el arruí y lo arrastró por la vaguada varios pasos? Luego, ¡Dios mío!, ¿lo agarraría por los cuernos?, ¿hizo lo contrario de lo que siempre le había advertido? Decía que nada enloquece más al arruí que ser asido por los cuernos. Por muy fuerte que seas, por mucho que te insista la esperanza en la victoria, perderás la batalla si recurres a esa estratagema. Su locura reside en sus cuernos; toda su brutalidad oculta se despierta entonces y comienza a atacar y a embestir. El arruí intentaría liberarse ahí... y viraría hacia la montaña. El valle se hacía más profundo y las montañas más altas. ¡Ay!, lo arrastró hacia aquel pico terrible y enigmático.

El corazón de Assuf latía mientras levantaba la cabeza hacia la cima. Sintió que algo había ocurrido allí, fuera antes de la cima, sobre ella o en la pendiente. Las huellas de la lucha habían desaparecido. Corrió resollando por un estrecho desfiladero ahogado entre dos montañas. Las sombras de la cumbre sombría atravesaban el angosto cañón. Se desvió a la izquierda, ascendió por la falda de la montaña en rápidos saltos. Súbitamente le pareció que un olor extraño le asaltaba la nariz. Le dio un vuelco el corazón, sintió náuseas y un fuerte dolor de cabeza. Las piedras se hacían más altas, afiladas y oscuras cuanto más se acercaba a la cumbre en su alocada ascensión. Escalaba con pies y manos. El olor a podrido aumentaba y... justo en la cima, junto a una roca alargada que se extendía varios metros por la pendiente, encontró al viejo echado sobre su espalda, con el rostro mirando al cielo, las pupilas vacías y el semblante azulado, en medio de una nube de grandes moscas tornasoladas. No había rastro de hemorragia ni machas de sangre, salvo arañazos en sus manos que estaban extendidas paralelas al cuerpo.

El animal endemoniado le había roto el cuello como él en su día rompió el pescuezo de aquel arruí suicida.

Al sur de Libia, más allá de los nasamones,
habitan los garamantas, sobre un país agreste y poblado de fieras salvajes.
Son gentes que temen y rehúyen el contacto humano,
Que no portan armas ni saben defenderse a sí mismos.

HERÓDOTO DE ALICARNASO,
Los nueve libros de la Historia, Libro VI, Sección 175

La niñita

Él también tuvo una dura experiencia con el arruí.

Tras la ausencia del padre comenzó a asumir responsabilidades, pastoreaba el ganado, vigilaba los camellos en los valles contiguos, traía leña e iba donde la ruta de las caravanas para trocar cabras por sacos de cebada y dátiles. El trueque no era asunto fácil para un joven que no dominaba una lengua con la que hablar a la gente. No les conocía el carácter, sus costumbres ni comportamientos. Y cómo podía saberlo, si había vivido aislado toda su vida, alejado y teniéndoles miedo. El anciano lo aterrorizaba y le infundía miedo cada vez que pensaba —simplemente pensar— en acercárseles. ¿Cómo iba ahora a hablarles y frecuentarlos? La primera vez se quedó de pie, observando desde lejos la larga caravana que serpenteaba por el sinuoso camino que atravesaba vaguadas, ascendía por empinados promontorios y torcía unas veces a la derecha y otras a la izquierda, hasta ocultarse en el desconocido horizonte, hacia el que fluía la columna de sufridos camellos cargados de bultos y mercancías.

La caravana desapareció y no pudo acercarse.

Volvió a casa derrotado, y tuvo que oír las crueles recriminaciones de la madre. Lo llamó *niñita*, y le dijo llorando: «No es culpa tuya. El difunto es quien hizo de ti un camello que se asusta hasta de la sombra del ser humano».

No durmió en toda la noche. Ahora tendría que esperar semanas hasta que pasara una nueva caravana, o quizá meses. Diez días más y la reserva de grano se agotaría. Unos días después hizo el petate, reunió el ganado y se dirigió a la ruta que unía Murzuk y Kanu. La ruta estaba a tres días de distancia. Allí decidió esperar y acechar las caravanas de comerciantes. Acampó en el valle, dejó el ganado pastar en los arbustos y subió a la colina para vigilar la ruta. Subía varias veces al día. Al cuarto día de estancia divisó una caravana contoneándose en el espejismo del lejano horizonte. Ató al cuello de una cabra gruesa un saquito de granos de trigo, y al de un macho fino y pendenciero, que había roto a empellones y disputas las costillas de corderos jóvenes, un saco lleno de granos de cebada. Subió a lo alto y los ató a dos estacas que clavó a la vista del camino de la caravana. Volvió a su lugar en el talud, se atrincheró en las rocas y esperó el paso de la caravana.

La cabra intentó liberarse de su atadura, y cuando se desesperó comenzó a desgarrar el silencio con balidos quejumbrosos. El rebelde macho cabrío se mostró más paciente, contempló el páramo desnudo con mirada preocupada y triste, alzó su cabeza al horizonte, hacia la caravana, y esperó su destino.

La caravana llegó. Los hombres se congregaron en torno a la cabra y el macho y buscaron a su dueño en el yermo, así que salió de su escondite y caminó en paralelo a las rocas que miraban a la vaguada. Gesticularon con las manos saludándole, y él levantó su mano respondiendo al saludo. La movió en el aire delante de su rostro y la bajó en un movimiento rápido. Estaba inquieto. El sudor le corría por el cuello y la espalda. No sabía qué hacer con las manos, así que disimuló su confusión recolocándose el turbante en la cabeza. Le indicaron que se acercara a ellos, pero él fingió no ver la invitación.

Uno de los hombres se destacó y caminó hacia él. Un temblor lo asaltó, y se vio brincando y ocultándose tras las piedras, triscando como el arruí entre las rocas en dirección al cauce seco. Se quedó parado en la pendiente resollando, sucio de sudor y vergüenza. Su madre tenía razón. Era una niñita. Un hombre no rehúye el encuentro con hombres. Eso le había dicho su madre. Él no había visto nunca niñas ni había visto la vergüenza en sus ojos. ¡Qué vergüenza! En su momento sintió rabia, por primera vez, contra su difunto padre. Había cultivado en él suficiente miedo a la gente como para que todas las niñas de este mundo huyeran de los hombres para siempre.

Volvió sobre sus pasos y se ocultó tras una roca. Vio a los hombres reír y discutir entre ellos. Luego la caravana se movió. Tomó la larga ruta ondulada hacia el oeste hasta desaparecer por los altos de las colinas.

Se habían llevado el macho y la cabra y le habían dejado dos sacos medianos: uno de trigo y otro de cebada.

Un fantasma del Himalaya

Los dos compañeros no regresaron hasta el día siguiente.

Detuvieron su vehículo junto a la jaima. El alto bajó primero, con el pelo desgreñado, pálido y mustio, como si volviera de una larga travesía. Como si hubiera atravesado el Sáhara desde Tombuctú hasta el monte Nafusa. Avanzó hacia él y le tendió una mano fuerte y áspera:

—Presentémonos. Me llamo Caín Adán. Mi compañero es Masud. Masud Addabbashi.

Recorrió el valle con la mirada, luego miró al cielo y se quejó con seriedad:

—El sol es duro desde la mañana. El día es un infierno. ¡Dios mío!, ¿dónde podemos escapar de ti, sol del desierto?

En sus labios se dibujó una sonrisa desesperada y triste, antes de cambiar de tema súbitamente:

—Soportamos el sol, pero no podremos aguantar sin el arruí.

Frunció el ceño y añadió con enfado:

—Vayamos en serio, dejémonos de juegos. Nos has privado de carne de arruí por dos días. En mi vida he aguantado dos días sin carne.

Intentó protestar, negar la acusación, explicarse. No supo. Después de mucho pensar dijo:

—No hay arruís por aquí. Además… además cazarlo es difícil. Difícil.

Caín chilló:

—¡Que sea difícil o fácil es asunto mío! ¡Llévanos hasta él y verás!

—El arruí solo habita en las cumbres. En las más escarpadas.

—Entonces reconoces que hay en las montañas.

Assuf se ofuscó y tartamudeó. Tras luchar consigo mismo dijo:

—Quizá haya en las montañas. No lo sé.

Se secó el sudor con la manga de su chilaba. Caín afirmó:

—¿Y quién vive en estas montañas más que tú? La gente de los oasis nos ha contado que en Massak Settaft sólo habita un ser humano y tribus enteras de genios y arruís.

Luego se volvió a su compañero y gritó:

—¿Lo has oído? El tipo ha confesado que hay arruís en estas montañas.

Assuf no sabía dónde meterse. Maldijo el día en que nació y el día en que lo poseyó esa timidez virginal. No supo cómo negar que lo había reconocido. No encontró las palabras adecuadas para protestar. ¿Cómo puede protestar por las afirmaciones de otro quien no ha convivido en toda su vida con un ser humano?

Masud Addabbashi llegó con una loncha de carne seca. Mientras ofrecía un pedazo a Caín dijo, mordiendo el trozo restante:

—Come tu parte antes de que te vuelvas loco y te dé un ataque. No quiero sufrirte en este desierto.

Luego se dirigió a Assuf:

—¿Sabes que a éste se le va la cabeza si no prueba la carne?

—Lo sé —dijo Assuf—. Mi padre, que en paz descanse, me habló de eso. La adicción a la carne vuelve loco. Eso es culpa de la adicción.

Los dos huéspedes intercambiaron una mirada de complicidad, y estallaron en una sonora risotada. Caín dijo, al tiempo que pellizcaba un trozo de su loncha y se lo ofrecía a Assuf:

—Nos dijeron que frecuentabas los genios en las cuevas, pero no nos habían informado de que fueras médico.

Assuf retrocedió un paso, como si huyera de la carne. Se llevó la mano al pecho agradeciendo y murmuró con asco:

—No, no. No como carne.

Los compañeros intercambiaron otra mirada. Caín respondió con desaprobación:

—¿Hablas en serio? ¿Hay en el mundo alguien que no coma carne, además de esos fantasmas de las montañas del Himalaya?

Se le acercó e intentó con insistencia meterle el pedazo en la boca:

—Come, come. No es asquerosa carne de cabra. Es carne seca de carnero, y sabe como… como la de las gacelas, como la del arruí.

Assuf la rechazó y retrocedió. Caín fue detrás, pero Masud lo detuvo:

—No le insistas al pobre… Es posible que esté hablando en serio. También hay fantasmas del Himalaya en nuestro desierto.

El juramento

Para alimentarse a sí mismo y a su madre, para vivir libre en el ancho desierto de Dios, no sólo debía sobreponerse y encontrar un modo de hablar con los demonios de los hombres, trocar cabras con ellos y arrebatarles de entre sus temibles garras de fiera su sustento de trigo y cebada, sino que tenía que arriesgarse con otra tarea escrita en la frente de quien el destino había concedido nacer y vivir en el Sáhara: la caza del arruí.

Al difunto le gustaba recordárselo en las veladas al raso de las noches de verano: «Si decides vivir solo, debes cazar el arruí solo. Ese será tu sino, como la sed, como el hambre, como el extravío; es el destino de la soledad, el destino del desierto. Nuestro Señor ha hecho que cada cosa tenga un precio». Pero el padre cambió desde que aquel arruí tenaz se suicidara ante él. Se volvió taciturno, huraño y afligido; entonaba con frecuencia cánticos sentimentales y tristes, y evitaba responderle cuando le hablaba o se dirigía a él con alguna pregunta. Muchas veces lo acompañaba a las montañas de Tadrart o a las estepas de Massak Mallet sin intercambiar palabra. Se sentaba detrás de la silla del mehari y escuchaba sus canciones desmesuradamente largas y tristes. Algo le quemaba el corazón y quería apagarlo así. Eran canciones que le quemaban a él también, de modo que lloraba en silencio sentado tras la montura. ¿Por qué esas canciones le exprimían el corazón? ¿Por qué le dolían tan cruelmente? ¿Quizá porque expresaban su impotencia ante el desierto? ¿Quizá porque le hacían sentir su dureza? ¿Tal vez porque decían que el destino del ser humano, solo y aislado, es la tristeza y la infelicidad; porque rasgaban el velo de la ilusión y contaban que el ser humano, cuando pierde el vínculo con los hombres, lo pierde consigo mismo, y que si pierde a los demás se pierde a sí mismo y se queda en nada? ¿Acaso porque los cánticos le sugerían que salvación y libertad significaban el desierto mismo, y que el desierto no significa más que la muerte? ¿Lloraba porque las canciones del padre desgraciado eran señal de su extraña vida en un desierto eterno, sin parangón al parecer en este mundo?

¿O quizá todo esto eran fantasías suyas y la tristeza del padre no pasaba de ser el dolor causado por la dura vida que lo obligaba a cazar el arruí, y él no quería cazarlo? El calor abrasador del viento sur absorbía las lágrimas que se deslizaban lentamente por sus mejillas, y la arena sedienta de humedad recibía y se tragaba las gotas de sangre que caían desde sus labios, porque nada podía absorber y apagar el fuego prendido en su interior y se los cortaba con los dientes sin darse cuenta.

Comenzó pronto a adiestrarlo en la caza del arruí, en cuanto cumplió los diez, aunque esa edad no fuera precoz para los jóvenes del desierto. No comenzó con el arruí. Primero le enseñó a apuntar a piedras y rocas de las montañas. Luego lo sentó detrás de la silla del mehari y pasó con él varios días por las llanuras de Massak Mallet, donde pastan los rebaños de gacelas. Lo despertaba con las sombras del alba, le rociaba gotas de agua fría en la cara para despabilarlo completamente o, como le gustaba decir, para que «entreabriera las pestañas», y lo arrastraba de la mano y bajaba con él a los anchos valles que frecuentaban las gacelas en la oscuridad. Pese a que el desierto en aquellos años estaba plagado de gacelas, el padre dictó la norma de no cobrarse más de una pieza por viaje. Le aseguró que si cazaban más de una el espíritu de la gacela se haría más fuerte, y superaría la protección del Corán y de los amuletos de los brujos, lo que haría inútil los talismanes de los adivinos y los conjuros de los alfaquíes. Un famoso adivino de Kanu le había advertido de que no superara ese límite al cazar gacelas, y había tachado a los brujos que engañan a los ilusos, pretendiendo que pueden crear talismanes que hacen posible excederse matando cuadrúpedos, de estafadores que no merecen que los sensatos se dejen embaucar por tales necedades. A menudo lo elogiaba afirmando que jamás había visto un mago más certero, y que por eso su fama se había propagado por todo el Sáhara, pues acudían a él desde Gadamés a Tombuctú y desde el monte Nafusa hasta Agadés.

Cuando consiguió acertar a una gacela en la penumbra del alba le recompensó con un magnífico regalo: unas coloridas sandalias *tamba*, esas que decoran los finísimos dedos de las muchachas de Tamanrasset, cargándolas de pasión y del anhelo por conocer al caballero de sus sueños. La emoción de esas chiquillas aflora en trazos, filigranas y dibujos. La joven que las había fabricado estaba sin duda enamorada. Su madre, experta en los dibujos en cuero de esas niñas, así se lo confirmó: «El corazón le palpitaba en la mano y la pasión le corría por los dedos. Todas las ancianas saben leer ese alfabeto, da igual que esté escrito en piel, tela, o trama de hilos de lana. Es una lengua cuyas letras misteriosas solo entienden las mujeres mayores».

Eso en lo que respectaba a las gacelas.

Pero el asunto del arruí era muy diferente.

Comenzó esa aventura muy tarde, después de cumplir los quince. La razón estaba en esa relación secreta que ataba al padre con el arruí. Una relación oscura y antigua que antecedía con mucho a aquel suicidio. Cada vez que le pedía que lo acompañara a cazar el arruí, se escabullía y encontraba una justificación para postergar la fecha. Cada vez que le insistía en aprender a cazar el arruí, le daba largas y hallaba una forma de librarse. Recordaba cómo en una dura noche de invierno se habían reunido los tres para calentarse en torno a la lumbre en la Cueva de los Pastores. Vio propicia la ocasión y volvió a pedirlo. El viejo lo miró a los ojos e intercambió una larga mirada con la madre. Luego inclinó la cabeza y clavó sus pupilas en las lenguas de fuego. Assuf vio en sus ojos y en los de su madre una inquietud que no había visto antes. Sintió por primera vez que le ocultaban un secreto. Quiso que su madre se lo explicara, pero ella se le adelantó y le recriminó cierto día: «¿Por qué insistes tanto a tu padre para que vaya contigo a matar al arruí? ¿No ves que eso le duele?». Aprovechó la ocasión y preguntó ansioso: «Pero, ¿por qué le duele? No lo entiendo».

Ella no le revelaría el secreto aquel día, sino después de que hubiera emprendido con su padre varias batidas en pos del arruí por las montañas vecinas, todas infructuosas. En el primer viaje siguieron el rastro de un rebaño completo, hasta que lo alcanzaron en el fondo de un valle. Iniciaron la persecución, pero en vano. El rebaño se ocultó entre las rocas de las cimas de las montañas y desapareció. Antes de eso había observado que su padre no había apuntado con precisión, de modo que espantó el rebaño a posta. En la segunda ocasión dieron con una hembra corpulenta, parada delante de ellos. Su padre se detuvo e intercambió con ella una mirada críptica, luego se volvió a él diciéndole que estaba preñada y que cazar hembras preñadas era pecado capital. Se volvieron por donde habían venido. En la tercera ocasión descubrieron el refugio de tres machos cabríos que pastaban de los arbustos enraizados en la ladera de un monte. Su padre se vio obligado a pasarle la escopeta y, cuando Assuf apuntó, el padre tosió con fuerza y asustó a los arruís, que salieron corriendo y se protegieron en la colina vecina.

Miró al padre y, mientras le devolvía la escopeta, le espetó: «¿Por qué no quieres que aprenda a cazar el arruí? Si tanto interés tienes en que no lo cace, ¿por qué te cansas y me cansas con estas salidas ridículas? ¿Por qué no me cuentas de una vez la verdad?». No respondió a sus acusaciones. Bajó la cabeza, se ajustó el turbante en torno a la cara y se tapó los ojos. Volvió con él a la tienda sin decir una palabra.

Tras aquel incidente, la madre se vio obligada a confesarle la verdad. El padre había salido una mañana temprano a controlar los camellos por la arenosa llanura del desierto, así que ella aprovechó la ocasión y llamó a Assuf. Echó unas ramitas de leña al hogar, tiró de la manta manchada con goterones de grasa y se puso a sacudir el odre de leche que tenía delante, antes de revelarle el secreto, sin muchos rodeos: «Tu padre no desea que derrames sangre del arruí porque hizo un juramento hace tiempo. Esto fue antes de nacer tú. Un día que andaba de caza por las laderas de los montes de Aynsís, se resbaló y se vio colgando entre cielo y tierra, agarrado a una roca, con los pies colgando en el abismo. Había perdido toda esperanza. Sin embargo, el mismo animal que quería combatir y pretendía matar lo izó y lo salvó de la muerte. ¿Lo entiendes ahora? Juró que no se acercaría más a los arruís y que no enseñaría a su descendencia a cazarlo. Pero llegó un día en que le pudo el hambre. Los dos pasamos hambre durante los duros años de sequía antes de que nacieras. Yo estaba ya embarazada. Se vio obligado a quebrantar el juramento y cazar. Lloró antes de hacerlo. Lo oí llorar la víspera. Por la mañana se fue y regresó con un arruí grande. Lo desolló y lo comimos después de una larga hambruna. Dijo que había roto el juramento y que el espíritu de las montañas lo castigaría por ello. Pero me aseguró que si tenía un hijo varón algún día no le enseñaría a cazar. ¿Lo entiendes ahora, so cabezota? Si te dije que no le insistieras en el tema del arruí es porque eso le hace sufrir».

Señor, alzaste mi vida del Abismo,
me hiciste revivir cuando bajaba a la fosa.

Antiguo Testamento, Salmos, “Canción de inauguración de la casa”

La visión de Dios nace de la paciencia.
La paciencia nace de la fuerza.
La fuerza nace de la santidad.
AL-NIFFARI, *De la vida frugal*

El abismo

Cuando el animal poseído le rompió el cuello a su padre Assuf recordó las palabras de la madre sobre el juramento. Sin embargo, no tardó en olvidarlas: el demonio, frecuentador de jóvenes, le susurró al oído para que las olvidara, le introdujo en el rebaño tres machos de arruí y se sentó en lo más alto de la colina a observar.

Aquello sucedió varios años después de la muerte del viejo, mientras apacentaba el rebaño al sur del valle de Metjandush, donde las aguas de cauces y torrenteras habían excavado profundas hoyas, antes del punto donde el valle se desvía hacia la derecha para luego desaparecer entre los macizos occidentales de peñas verticales, plantadas como fantasmas que guardaran el desierto de piedra y vigilaran las acacias desde el abismo. Se recostó bajo una roca en la pendiente y contempló cómo los animales alargaban obstinadamente sus patas delanteras para alcanzar los brotes verdes de las acacias. Sonrió al observar una cabra glotona ingeniándoselas con una acacia cuya altura no le permitía alcanzar las ramas verduscas. Junto al árbol se alzaba una piedra vertical de cresta afilada. La cabra trepó a ella de dos saltos y, en un momento y desde esa posición cómoda, alargó el cuello hasta la cima del mísero árbol para dar cuenta de la copa verde.

Al otro lado de la vaguada, entre pálidos arbustos, un macho imponente coronado con grandes cuernos retorcidos se entretenía requiriendo a una hermosa cabra plateada. Junto a los dos había otro macho horrendo, de pelo desgreñado, que asistía al galanteo con mirada fija de odio. La cabra respondía a las atenciones del gran macho cabrío, giraba el cuello, palpaba con sus morros los de él en rápidas caricias y luego introducía la cabeza en los pálidos arbustos fingiendo estar más ocupada en masticar. Parecía que ese desdén excitara al hermoso gran macho, cada vez más osado. Avanzaba un paso, introducía su testa junto a la de ella, fingiendo que también comía, y acercaba su hocico para robarle un beso fugaz. Luego la inspeccionaba por detrás, titubeante y tímido, recorría con la vista el entorno donde pastaban, intercambiaba con el macho horrendo una mirada de amenaza, y pasaba su morro por el cuerpo de la hembra juguetona hasta alcanzar su grupa, oler y comprobar su aroma.

La mirada preocupada del otro macho persistía. Era una mirada de inquietud, de alerta y sorpresa. Entonces, en un chispazo de inspiración, Assuf se percató de que el hermoso galán enamorado no era un macho cabrío, sino un auténtico arruí. Vio esa señal en los ojos del otro macho, su verdadero oponente.

Era un arruí gigantesco, de color cenizo con brillos argénteos en una densa capa de pelo. De su barbilla pendía una larga barba. Dos admirables cuernos curvos le coronaban cabeza. Se extrañó de no haberse dado cuenta desde el principio de que el macho cabrío que provocara su asombro, y cuyos movimientos y acercamientos a la cabra siguiera atentamente, no era sino un magnífico arruí.

En el corazón del valle, entre el rebaño, vio otros dos ejemplares deambulando con el ganado. Ni su padre ni su madre le habían contado nunca que el arruí pudiera acompañar al ganado hasta el punto de pastar junto a él con esa familiaridad, y hasta el punto de que los machos de una especie tan sensible y asustadiza se atrevieran a implicarse en hacer la corte a las cabras. Semanas antes de su fallecimiento, su padre le había reprendido cuando lo acompañaba a Abrahoh a buscar leña a lomos de varios camellos: «¿Crees que el animal no entiende sólo porque no puede hablar como tú? ¡Es más listo que tú y que yo juntos!». Así respondía a las burlas que Assuf hacia a los gestos de cariño que su padre prodigaba con sus propias manos a su camello moteado. Le daba conversación de día y de noche, al alba antes de rezar, al mediodía antes de almorzar, y por la noche antes de retirarse a dormir. Le acariciaba el pelaje por el cuerpo, pasaba la palma de la mano por el largo cuello, palpaba con ternura sus grandes labios colgantes y le enjugaba la espumeante saliva; luego abrazaba la cabeza del mehari y repetía: «¿Has visto en todo el Sáhara camello más hermoso? ¿Has conocido uno más obediente, más paciente y más valiente? ¿Has visto alguno más listo y sensato? Dios mío, qué hermoso es. Míralo, mira sus ojos, sus dientes, su cuello esbelto, sus patas. Todo en él es armonioso y grácil. Incluso su vientre no parece de camello: es fino, pequeño y suave. Y no tiene tripa porque es noble. El camello noble no tiene, para así no verse obligado a renunciar a su amada a causa de su tripa como el resto de meharis ambiciosos. A este camello moteado lo aman todas las camellas del Gran Sáhara. Ayer mismo recibí de un camellero de paso un testimonio de admiración y alabanza de parte de las hermosas camellas de Tamanrasset. Le enviaban unas riendas nuevas, con decoración colorida, cosidas con hilo de oro. Todas las camellas conocen su valor y lo adoran, porque es el camello más hermoso y más noble de todo el Gran Sáhara». Luego se iba y le traía un puñado de cebada que procuraba tenerle reservado en todos sus viajes y lo alimentaba con sus propias manos extendidas. Incluso exageraba en sus mimos y le daba de su escasa parte de agua. Una ración de agua es una ración de vida en el desierto. Ningún caballero se atrevería a regalarla, amenazado como está siempre por la sed. En medio de estos jugueteos entretenidos, el padre se complacía en girarse hacia a él y advertirle: «Debes preocuparte siempre por tu mehari. Si no lo quieres, él no te querrá. Si no lo entiendes, no te entenderá y no te salvará en el momento crítico. Es un animal más leal que el hombre». Por la noche le contó cómo un camello fiel había conseguido librar a su dueño de enemigos que habían estrechado el cerco sobre él y casi lo habían hecho prisionero durante una algazúa. La virilidad y el valor del mehari lo salvaron. Rompió el cerco enemigo sin importarle las heridas de lanzas, cuchillos y espadas. Caminó desangrándose hasta llegar con su dueño a lugar seguro, entonces se echó al suelo, alargó el cuello y murió.

Remató sus historias de animales, esa noche, con cierta elegía triste sobre las gacelas, que no se cansaba de repetir siempre que la luna se elevaba varios palmos sobre la tierra e inundaba con su tenue luz argéntea el mágico y enigmático desierto. Al padre le gustaba lamentarse por las gacelas y murmuraba como si hablara para sí: «¡Qué estampa más hermosa! ¡Qué grácil es su talle! ¡Qué cuerpo más bien dotado! La magia inunda sus ojos. Es la criatura más hermosa del mundo, el alma de los desiertos de arena: con ellos comparte su inmensidad, su tranquilidad, su quietud y la magia de sus noches de luna. En ella habitan lo imposible y la libertad. Por eso nadie aspira a capturar una gacela viva. Me duele no haber capturado ninguna viva a día de hoy». Sus pupilas se perlaron de lágrimas ocultas por el embozo, antes de añadir con voz ahogada: «Y eso me desconcierta. ¿Por qué el ser humano criminal tiene que perseguir un ángel como ese para matarlo y saciarse? ¿Es que va a morirse de hambre si no mata una gacela? ¿Por qué pasa hambre como para verse obligado a derramar la sangre de criatura tan hermosa? Quizá esta sea la razón de que Dios nos castigara y nos privara de poder atraparla viva». Entonces recordó el arruí. Su gesto cambió y musitó con un tono misterioso: «El arruí es otra cosa. Me da miedo».

Pero el arruí es también inteligente. Y helo ahí acercándose, tras la renovada tranquilidad en Massak Settaft de los últimos años sin cazadores, ni perros pastores ni escopetas de aventureros. Nadie había matado un arruí por estas tierras desde la muerte de su padre. Los animales, confiados, habían bajado de sus refugios en las montañas más altas y se habían atrevido a compartir con el ganado el escaso alimento de las zonas bajas.

El juramento prohibía al joven heredar la ocupación del padre, que había muerto sólo por haberlo quebrantado. El juramento no era broma, y el arruí lo sabía. ¿Cómo no iba a saberlo si era el espíritu de las montañas? Los espíritus de Dios todo lo saben. Conocen lo que oculta el ser humano en su corazón. Esa es la razón de ese atrevimiento y de esa sorprendente confianza. El gran arruí estaba a punto de cornearse con el celoso macho cabrío desgreñado y feo. El macho cavaba ya el suelo con sus pezuñas delanteras, retándolo y preparándose para el combate.

¡Dios mío!, ¿quién ha visto nunca un arruí dándose de cornadas contra un macho cabrío?

Se vio agarrando el cayado y la soga y deslizándose al fondo de la vaguada, ocultándose tras rocas y arbustos hasta asomarse al lugar por donde vagaba el arruí, que perseguía a las mejores hembras ignorando las provocaciones del macho iracundo y celoso, moviéndose con desparpajo y majestuosidad, con el oro y plata esparcidos por su pelo ceniciento, que brillaba bajo los rayos del sol, para mayor solemnidad y misterio.

No supo cómo se levantó y se arrastró hasta la posición del animal maldito. Es más, ni se percató de la finalidad de ese acto. Una fuerza desconocida lo empujaba. Se olvidó del juramento, se olvidó del destino del padre y se vio conducido, obnubilado, con la voluntad arrebatada. Su padre, y también su madre, solían decir que el espíritu del arruí te atrapa, te pierde, te roba el sentido, te despoja de tu voluntad, de manera que el cazador se encuentra arrastrado y poseído, saltando a cuatro patas y persiguiéndolo por las mudas rocas, lisas y difíciles.

Lo que es cierto es que lo que le hizo olvidar el juramento y lo condujo sumisamente tras el arruí aquel día, como un enajenado en trance, es un gran misterio.

Un gran misterio reside en ese animal, sin parangón incluso en la mágica gacela. Su padre estaba en lo cierto cuando confesaba: «Me da miedo el arruí». Su instinto no le engañaba: tenía su final ante sí.

¡Dios mío!, ¿qué fue sino la locura lo que pudo animarlo a echar aquella lazada a los cuernos del magnífico arruí? ¿Qué fuerza oculta lo llevó a rodear con la soga la testa de aquel animal soberbio y rebelde, y atar así ambos destinos para siempre? ¿También está esto escrito en la Tabla Celestial desde el principio de los tiempos, antes incluso de que tomara forma en las entrañas de su madre y viniera a nacer en este mundo cruel?

¿Qué era ese arrebato? ¿Era ese el éxtasis que le contaba su padre que provocaban las canciones, la música y los tambores de los sufíes en los oasis?

Pero las rocas ciegas sabían cómo hacerle despertar de su trance. El loco y magnífico animal brincó en el aire, apenas se cerró el lazo en sus soberbios cuernos, y se lanzó corriendo hacia la pendiente cubierta de recias piedras. Lo arrastró por el suelo y atravesó con él el lecho del río seco, con una ligereza que no se compadecía con su gran tamaño. Creyó entonces a su padre: «Si el arruí sale corriendo te llevará hacia las rocas más crueles, hacia las partes más difíciles de la montaña». Corrió hacia la pendiente, hacia la parte escabrosa en la que sobresalían las piedras afiladas como colmillos salvajes. En la montaña tiene su refugio, su fortaleza y su salvación. Siguió aferrado a la soga mientras el arruí agitaba su cabeza con movimientos nerviosos, intentando liberarse de la trampa sin dejar de correr hacia las rocas. Alcanzó con él la falda de la montaña armada de piedras negras. Intentó asirse a una roca, pero se le escapó. Un parpadeo después se topó con otra piedra que sobresalía. Se agarró a ella con la mano izquierda y siguió sosteniendo la cuerda con la derecha. El animal encabritado tiraba de un lado mientras él se agarraba a la piedra por otro. Sintió que su mano se le iba a desollar y a descoyuntar el hombro, pero aguantó y no se soltó. Apenas un momento después la piedra se despegó del suelo y el arruí avanzó tirando de los dos: no se había percatado de que arrastraba con su mano izquierda una laja de piedra hasta después de haber recorrido con ella una distancia que venía a introducirle en un reino que nadie como el arruí conocía y del que solo él era dueño. Soltó la piedra y sintió las quemaduras por primera vez. Su cuerpo ardía con las heridas. Las piedras le laceraban la piel.

Un líquido le cubría el rostro: el sudor; y otro líquido le cubría rodillas, piernas, manos y codos: la sangre. Sus ropas habían comenzado a rasgarse ya desde que comenzara la batalla en el valle, rotas por piedras y arbustos que atravesaban el camino del arruí hacia su refugio en la cima.

Siguió saltando sobre piedras y promontorios. Le entró miedo apenas vio las dimensiones de las rocas hacia las que lo arrastraba. ¿Debía soltar la cuerda? ¿Lo dejaba marchar? Pero, ¿cómo dar marcha atrás en esa batalla salvaje? ¿Cómo rendirse después de haber sangrado y de verse destrozado por las piedras del camino? ¿Cómo podía volver al hogar y hacer frente a su madre cubierto de heridas, manchado de sangre, derrotado y con las manos vacías? ¿Cómo puede el cazador ensuciarse las manos de sangre y regresar sin una pieza cobrada, sin caza?

Se topó contra una piedra de tamaño mayor y la rodeó con su brazo izquierdo. Ahora veremos cuál de nosotros es el más fuerte. ¿Quién es más fuerte: un joven capaz de tumbar un camello rabioso, o un arruí que destroza rocas a cornadas? Sobre la fuerza del arruí se narran multitud de leyendas por el desierto. Siguió abrazado a la roca negra, lisa y ardiente; y el arruí tenaz seguía tirando de la soga en continuos brincos, violentos y frenéticos. Su brazo derecho iba a descoyuntársele del hombro. Intentó ayudarse de ambos pies, ya sangrantes e hinchados por las heridas, pero el coloso no le dio ocasión a maniobrar. Sus brincos nerviosos se hicieron más alocados y sintió que todos sus miembros se rasgaban y se partían. En cierto momento, se ayudó con un grito, que el eco de las montañas repitió como una burla de los genios. No lo soportaría más. El animal estaba en la flor de la vida y él debía ingeniar algo. Un truco. Paciencia y astucia. Su padre decía que la vida no se enderezaba sino con paciencia y astucia. La batalla tampoco se gana sino con paciencia y astucia. La vida es una batalla. Y él ahora se veía enfrascado en una. Si no cansaba a la fiera, si no la agotaba, no conseguiría nada. El arruí estaba en su clímax de vitalidad y juventud. Soltó la roca y se sintió entumecido, rendido y desesperado. Se maldijo por haberla soltado. La persecución, no obstante, continuó. Pero no ya era tal: era un desgarro continuo, arrastrado por las piedras de aquella pendiente salvaje. Sus miembros comenzaron a dejar de sentir las heridas y notaba que la sangre caliente que le chorreaba por las extremidades y el cuerpo se enfriaba y se coagulaba sobre su carne. Cuando el sufrimiento supera cierto límite, el cuerpo deja de sentirlo. Los miembros se mueren y el dolor se traga el dolor. El dolor suaviza el dolor.

Comenzó a escalar las peñas más escabrosas, así que Assuf cerró los ojos para no ver el horror y el tamaño de las piedras. En cierto momento se plantó de pie, atado a su víctima, a su verdugo, y comenzó a saltar echando hacia atrás su cuerpo hecho jirones. Lo siguió corriendo a largos trancos, chocando con piedras y estampándose con rocas, hasta que se vio en la cumbre de la montaña. El arruí corrió hasta acercarse al precipicio aterrador de la cima, y luego… ¡Dios mío! ¿Qué pretende? ¿A dónde me arrastra? Al abismo. Saltó al abismo desconocido en el peor lugar. Oyó los cuernos como de toro salvaje estampándose contra una roca. Un momento después, como en un relámpago, se vio suspendido en un saliente rocoso en la cima, con las piernas colgando en el vacío eterno. No sabía cuándo ni cómo había soltado la cuerda desgraciada… ni qué destino le había conducido a ese saliente, así que se aferró a él por encima del abismo sin fin. Tomó aire y miró al fondo intentando distinguir el suelo de la sima, pero solo vio oscuridad. Su corazón seguía latiendo a golpes continuos y su respiración se atropellaba. Intentó explicarse lo sucedido. Sintió una sed ardiente. Tenía secas la boca y la garganta. Le sangraban los brazos y las piernas. El sol era aún cruel, pese a inclinarse ya hacia su puesta con la tarde avanzada, y caía sobre su cabeza desnuda. Los arbustos del valle le habían arrebatado el turbante desde los primeros momentos de la disputa. Esperó a que su respiración se acompasara. Se giró a derecha y a izquierda inspeccionando el lugar. Buscó una manera de salvarse. Intentó hacer llegar los pies al borde, pero unas piedrecillas cayeron sobre su cabeza y el cielo lo amenazó con despeñarlo al abismo si repetía el intento. Miró bajo sus pies buscando una piedra o un hueco sobre el que saltar y que le protegiera del vacío, pero vio que la estúpida roca se asomaba directamente a las sombras como si estuviera colgada del cielo. Movió sus temblorosas manos aferradas a las rugosidades por encima de su cabeza. Se dirigió a la izquierda, palpando la roca superior. Encontró que el saliente llevaba a una superficie lisa en la que era imposible asirse. Se dirigió hacia la derecha con movimientos lentos y cautos, pero se encontró con un borde liso que se elevaba hacia lo alto y por el que también era imposible acceder. Comprendió que estaba preso en dos palmos de tierra, como en un sepulcro. ¿Iba a ser esa su tumba? ¿Era a eso a lo que llaman la tumba? ¿Era ese su final? Tuvo miedo y lloró. Más que llorar, un líquido caliente como una brasa manó de sus ojos y le quemó las mejillas. ¿Era cólera o miedo? ¿Era por la derrota? ¿O era por su voracidad y su traición al juramento que lo habían conducido a esa trampa? El juramento, el juramento. Recordó el juramento. Su padre también había muerto por haberlo quebrantado. ¿Iba él a morir? ¿Hasta ese punto era así de fácil? ¿Tan cerca estaba él de esa línea en la que bastaría un destello de cansancio que relajara sus dedos para precipitarse al vacío? ¿Hasta ese punto era también breve la vida? ¿Por qué ni su padre ni su madre le enseñaron que la muerte era así de simple, que la vida era así de corta, y que un instante de necedad podía arrastrarte al abismo? ¿No había sido una estupidez la que le había llevado a atacar al maldito arruí y rodearle los cuernos con una cuerda? Y si no, ¿qué significaba ese momento? ¿Era eso lo que llaman destino? Su padre y su madre no se cansaban de repetir esa palabra cuyo significado no había llegado a entender hasta ese preciso momento. El destino. El destino. El arcano secreto que te trajo el arruí que te ha arrastrado al abismo. Sus manos no podían sostenerlo más. El agotamiento era superior a sus fuerzas. El dolor comenzó con la calma. Sus miembros gemían y dolían. Sabía eso de sus peleas con los camellos. El agotamiento solo viene después. La herida no duele hasta que no se enfría la sangre. Pero él no podía entregarse al dolor. La batalla no había terminado aún, ni la calma había comenzado. La batalla empezaba ahora sobre el filo del abismo. En el corazón del silencio. Si se rendía al dolor, estaría perdido. Pero, ¿qué podía hacer con esa sed? ¿Cómo podría soportarla, colgado como estaba entre cielo y tierra? Tenía la garganta seca y los labios agrietados. Intentó salivar. No pudo. La sequedad era tan profunda en su garganta que llegaba más allá aún, hasta el estómago. Toda la humedad de su cuerpo se había consumido durante la batalla en hilos de sudor. Debía recoger una gota al menos que le enjugara las grietas de la garganta. Alargó su lengua pastosa y lamió las lágrimas que bajaban hacia los labios. Estaban saladas, pero eso era mejor que un corazón reventado. Luego relajó la mano derecha y lamió la sangre que seguía manando de ella. Era salada y viscosa. Devolvió la mano derecha a su lugar, se agarró al saliente y lamió la sangre de la mano izquierda. Y fue así alternando las manos todo el tiempo.

Ante sus ojos flotó una nube de paso, como visiones de la sed y el cansancio. En breve se precipitaría al abismo. Caería tarde o temprano. Entonces, ¿para qué esperar? ¿Hasta cuándo soportaría colgado de una piedra como un murciélago? ¿Qué estaba esperando? ¿Quién iba a traerle agua? ¿Quién vendría a salvarlo de la trampa? Su madre era ya anciana y no saldría de la cueva donde vivía; su padre había muerto, y todo lo que le rodeaba era desierto. Quien haya escogido vivir libre en el Sáhara debe apañárselas solo. Esta era una lección que había aprendido de su padre, quien pagó su precio con su vida. Él también iba a pagar. ¿Era eso la libertad? ¿Alejarse de la gente era tal crimen que se pagaba con la muerte? ¿Era, pues, la soledad un pecado a los ojos de Dios? ¿Por qué se atormentaba? Su destino estaba ya decidido y no lo salvaría un milagro, como tampoco había salvado antes a su padre. No hay milagros en el desierto. Si caes en la trampa debes salir de ella tú solo, y si no puedes, acepta tu destino con coraje. ¿Significaba esto aflojar su agarre un instante y que todo acabara para siempre? Bastaría con relajar los dedos o dejar de cambiar de manos, dejar de alternarlas en el hilo de la salvación, en ese pequeño saliente. Se precipitaría y su corazón reventaría antes de llegar al fondo. No sufriría en absoluto. Allí no habría dolor. El dolor estaba ahí, en la roca, en aferrarse al saliente, en la vida. El saliente era la vida. ¡Y qué dura era!

¿Dónde estaba el valor, dónde la nobleza y el miedo al deshonor? ¿Dónde estaban esas cosas que su padre había intentado sembrarle en el corazón a lo largo de su vida? Le dijo que él se consideraría a sí mismo vivo mientras esos principios pervivieran en el corazón de su hijo, y que solo habría muerto si este traicionaba alguno de ellos. Por tanto, la inmortalidad del padre dependía del hijo, de su muerte. Pero él no traicionaría principio alguno si deseaba vivir. Si renunciar a la vida era fácil hasta ese extremo, ¿por qué nos la concedió Dios? La vida. El Sáhara eterno y melancólico y el ganado saltando feliz, las esbeltas gacelas errantes, la voz queda de su madre en la cueva en las noches de invierno. Eso era la vida.

¿Cómo iba a abandonarla, a relajar su agarre, soltarse y precipitarse al abismo?

Resistencia

No dejaría el saliente ni relajaría los dedos. Paciencia. Ay, casi olvida la recomendación de su padre: «Mi consejo es que seas paciente. ¿Cómo va el desierto a ir bien sin paciencia? A quien no se le haya concedido tal don no será feliz aquí. Debes tener paciencia y astucia, pues ambas son la clave del desierto. Nadie puede prever de dónde le llegará la salvación, si del cielo o de la tierra. Lo importante es ser paciente y esperar. La paciencia es la clave».

Intentó varias veces tragar saliva, pero no tenía ya. Sus fuerzas le habían abandonado completamente. Los movimientos de las manos eran ahora lentos y morosos. Se concentró en ambas manos, reuniendo la fuerza oculta que el desierto le había proporcionado durante todos esos años y le había sembrado en sus entrañas, pues la fortaleza del hombre no reside en su cuerpo, sino en su corazón.

Al llegar la noche comenzó a resistir con el corazón.

Eso le concedió lucidez. Abrió sus ojos entornados, se lamió la sangre de los brazos y, cuando ya no pudo chupar más, se laceró las manos con los dientes para absorber más sangre y humedad. Las sombras y el silencio eran más crueles que el abismo. Escuchó la quietud intentando entreoír los murmullos de los genios. ¿Dónde estaban esos buenos genios a los que tanto les complacía charlar en voz alta en días normales? ¿Por qué no venían a salvarlo? ¿Por qué no venían, aunque fuera solo por darle compañía y expulsar la soledad hacia las sombras del abismo? ¿Dónde estáis, genios? Pero los genios no respondieron… Ni susurraron ni llegaron aquella noche.

Las cabras habían huido y volverían a sus apriscos en las cuevas, si es que no acababan con ellas los chacales. Pobre anciana. ¿Qué hará cuando vea el rebaño regresar solo sin él? Se morirá de miedo, y luego... Dios mío, morirá también si él muere. Le extrañó no haberlo pensado antes. Había tenido la mente totalmente confusa. Pero la fuerza interior le daba ahora claridad para ver que se encontraba en una situación aún más espantosa y cruel que la misma muerte. Su madre se quedaría sola y los chacales le darían caza algún día. Sin él, no se salvaría. Ella también pagaría el precio de la soledad. El precio de la libertad. El precio de alejarse de la maldad de la gente. Con ellos, la injuria y el oprobio; sin ellos, la libertad y la muerte. Esa era la razón del sempiterno enfrentamiento con su padre, reprochándole que no conviviera con la gente. Ella entendía que ese viaje no podía acabar bien, pero solo podía quejarse con lágrimas y llantos. Y ahora ella estaría sola, llorando en la cueva, esperando la muerte. No, no. Él no moriría. No lo permitiría. Debía hacer algo para salir de esa trampa. Movió los pies e intentó con toda la fuerza de su corazón alcanzar el borde. Los levantaba por encima de la cabeza, pero arrastraba guijarros y tierra y el saliente amenazaba con desprenderse de la roca. Bajó los pies con desesperación. Relajó la mano derecha y la balanceó en el vacío: estaba tiesa como una rama de acacia.

Respiró profundamente. Los genios, ¡oh genios buenos!, ¿dónde estáis? Paciencia. A quien no le haya sido dado este don no tiene lugar en el desierto. ¿Pero de dónde le vendría la salvación, aunque aguantara en este cadalso mil años? El desierto de Dios es vasto, y ese lugar no era ni punto de paso de las caravanas ni de pasto para el ganado. Incluso aunque ocurriera el milagro y Dios decidiera enviarle quien lo salvara, ¿cómo lo encontraría en ese lugar escondido asomado al precipicio? No hay esperanza alguna de salvación. No hay esperanza. Oyó la voz de su padre advirtiéndole: tienes que aguantar, incluso aunque pierdas la esperanza; esta es la ley del desierto. Y sin quererlo se vio rasgando el profundo silencio con un alarido angustioso, de desesperación: ¡Aaaaah..., aaaaah..., aaaah...!

Las silenciosas cumbres de las montañas y las sombras le respondieron con un chillido aún mayor: ¡Aaaah..., aaaaah..., aaaah...!

El eco se repitió largamente…

Los genios no respondieron. Ni gritaron tampoco seres humanos deseando ayudarle. No los había por ahí, y no los había desde hacía mucho tiempo. Desde que su padre dejara para ellos el mundo terrenal y se dirigiera hacia el yermo eterno, sin querer nada salvo guarecerse de la maldad y protegerse de todo daño. ¿Era este el castigo para quien dejara de hablar con los hombres?

Se relajó, el cansancio llegaba ya al límite; así que extrajo fuerzas del corazón y se lamió a lengüetazos las heridas de los brazos y los hilillos de sangre seca. Aguanta, aguanta. Creyó desmayarse. Sintió vértigo y como una nube que le atravesara la mente. Para expulsarla sacudió la cabeza y chilló de nuevo:

—¡Aaaaah…, aaaah…, aaah…!

Las montañas le devolvieron nuevamente el grito, aún más fuerte:

—¡Aaaah…, aaaah…, aaah…!

Luego el silencio se impuso otra vez. Sin murmullos, sin movimientos, sin susurros. Sin genios. No hay genios en las cumbres. ¿Dónde están?

En su interior vencían el sueño y los fantasmas del agotamiento. Ante sus ojos vagaban visiones que lo inducían a entregar el hilo de la conciencia. Si la perdía, caería al abismo. Si la fuerza del corazón lo abandonaba, se precipitaría en el abismo. Convenía no dejar de pensar en el destino de su pobre madre tras su muerte. ¿Qué haría la anciana en ese erial? Moriría de sed o de hambre, o devorada por los chacales. Pero él no debía morir. No tenía derecho a morir y dejarla ante un destino tan cruel. Él era el pecador. Él había quebrantado el juramento y se merecía el castigo, pero ¿qué culpa tenía ella, como para acabar muriendo en pago por la muerte de él? ¿Qué justicia era esa? ¿Dónde estaba Dios? Cuando al cumplir los siete años su padre decidió enseñarle la azora de la *Fátiha*, le preguntó:

—¿Sabes dónde está Dios?

Señaló con el dedo a lo alto y dijo:

—En el cielo.

El padre se rio hasta caerse de espaldas, y le respondió señalándose al pecho:

—Dios está aquí, no en el cielo.

Luego murmuró, como hablando para sí:

—En el corazón, con nosotros, en nosotros.

Luego, alzando la vista en una mirada extraña, como si volviera de un reino lejano tras una larga ausencia, musitó:

—Basta con que respondas, si te preguntan, que está en el corazón. Cuidado con equivocarte. En el corazón.

Aquel día no llegó a entender esas palabras. ¿Cómo iba Dios, el Grande y Magnífico, el Omnipotente, caber en un corazón tan pequeño, preso en ese pecho? Y aquí estaba él ahora, colgando en la cima de la peña y sintiendo que su difunto padre estaba en lo cierto. ¿De dónde iba a sacar fuerzas para resistir sino del corazón? Si no existiera esa fuerza oculta interna, si Dios no estuviera en el corazón, hacía ya tiempo que habría caído en el sombrío abismo que le tiraba de los pies.

Hacia la segunda mitad de la noche creyó dormirse mientras estaba colgado. Le sorprendió no haber caído. Tal vez fuera una ilusión. Quizá no se había dormido. Los dolores regresaron más insoportables que antes. Ya no podría continuar ni resistir. No había esperanza. No había esperanza. ¿Dónde estaba esa fuerza del corazón? ¿Dónde estaba Dios? Caería en poco tiempo. Había perdido ya la capacidad de mover las manos. Ya no podía alternarlas en el saliente. Todo había acabado. No había esperanza de salvación. Ni había esperanza de que su madre se salvara. La desgracia estaba ya escrita. Ella sufriría largamente antes de morir, y eso era lo peor. Lanzó un aullido mortecino, como el estertor de un asfixiado que agonizara. El sonido lo aterró y se desesperó aún más. Comenzó a relajar su agarre derecho. En breve todo se acabaría... se acabarían el dolor y la sed. El sentimiento de tragedia por el destino de su madre sola se esfumaría. Todo se ocultaría. El desierto eterno desaparecería. No volvería a ver las gacelas de nuevo. Ni contemplaría otra vez espejismos bailando en el horizonte. ¡Qué duro iba a ser que el Sáhara desapareciera! ¿Cómo iba a soportar separarse de él? Lo peor, después del sufrimiento de su madre, es que no vería el desierto eterno ocultándose en la inmensidad divina y que... En ese momento oyó pasos por encima de su cabeza. ¿Sería una alucinación previa a la muerte? El agonizante ve lo que no ve la gente y oye lo que la gente no oye. Pasos lentos, cautos y renuentes. El sonido de pasos que arrastraban guijarros. ¿Era eso posible? ¿Podía obrarse el milagro? Imposible. Fantasías de moribundo. Justo ante él, el horizonte se escindió con un hilo deslumbrante. La luz del amanecer. El silencio persistió unos instantes. Escuchó otra vez, por si oía nuevamente los pasos imaginarios. Incluso si era una alucinación, sembraba esperanza en el corazón. Abrió los ojos y no dio crédito. Algo áspero rozaba los dedos de sus manos agarrotadas asidas al saliente vital. Algo áspero. ¿Podría ser una soga? Hizo un esfuerzo y abrió sus dedos muertos. Agarró ese algo. Una cuerda. Era una áspera cuerda trenzada. No lo podía creer. La agarró con ambas manos y quedó colgando. No la soltaría jamás. A ella se aferraría aunque le quemaran las manos con fuego. La cuerda tiró de él hasta que pudo asomar la cabeza por encima del borde. No distinguió nada en la oscuridad. Un cuerpo parecía moverse delante, tirando con fuerza. ¿Serían los genios? El cuerpo siguió moviéndose. Tiraba de él alejándole de la boca del precipicio. Su pecho rozó el borde y sintió como si la montaña entera, que parecía apoyarse en su pecho, se hubiera retirado definitivamente, precipitándose en las sombras horribles y salvajes del abismo. Se había salvado. ¡Salvado! El genio que le había salvado la vida seguía dando pasos en el espacio abierto cubierto de guijarros, despacio, en silencio y tranquilo. Intentó distinguirlo en las sombras del alba. Abrió y cerró los ojos varias veces antes de poder enfocar el fantasma apacible. Entrevió la silueta. ¡Dios mío! ¡Era un arruí!

Era el mismo arruí.

Su víctima, su verdugo. ¿Pero, quién era entonces la víctima, y cuál de los dos era, pues, el victimario? ¿Quién era el ser humano y quién el animal?

El imponente arruí dejó de andar. Lo vio alzar su testa coronada por unos cuernos fantásticos y enfrentarse a la ambigua línea que anunciaba la ruptura del alba, esa línea tenue en que se resuelve siempre el secreto de la vida. Y, de repente, en la oscuridad de esa brecha divina, vio a su padre en los ojos del arruí paciente y magnífico; vio los ojos tristes de su progenitor, esos ojos bondadosos que no entendían por qué el ser humano dañaba a su hermano, que huyó al desierto y prefirió morir solo en las montañas antes que regresar con la gente.

Esos ojos que habían escogido la cruel libertad sin saber por qué.

En ese sitio, cubierto de piedras voraces, gritó con voz ahogada, como si hablara con su Señor:

—Eres mi padre. Te he reconocido. Espera. Quiero decirte que…

Y perdió el conocimiento.

El lagarto

Se despertó al mediodía. El sol lo estaba abrasando y eso le hizo recobrarse del desvanecimiento. El sol del desierto despierta incluso a los muertos. Pero a pesar de su intensidad, los rayos matinales parecían hundirse en nieblas y oscuridad. Un velo le cubría los objetos cual tormenta de arena. ¿Sería el viento? Recordó la sed. La sed era lo que le velaba las cosas. Intentó moverse y los dolores volvieron. Hizo un esfuerzo extraordinario por mover sus extremidades y arrastrarse. Reptó en paralelo a la cumbre, procurando evitar la sima. Sentía que sabría dónde estaba esta aunque se quedara ciego. No lo olvidaría en su vida. Su corazón se lo advertiría aun con los ojos vendados. De no ser por su corazón, no se habría salvado del abismo.

Encontró una salida practicable y comenzó a descender ayudándose de las piedras. Perdió pie y cayó rodando un buen tramo. Las piedras le rasgaron las extremidades, pero estaban ya muertas y no le dolían. Se abandonó a su caída por la falda de la montaña hasta que se vio agarrándose más abajo a los arbustos del valle. Intentó abrir los ojos y buscar su hatillo, pero el velo translúcido era ahora más tupido y lo cubría todo con sombras.

Se desvaneció otra vez.

No supo cuándo lo despertó de nuevo el sol.

Alargó la mano y arrancó hojas secas del arbusto. Reptó por el lecho seco. Si no hubiera sido paciente se habría precipitado al abismo. Realizó un segundo intento heroico. Reunió las fuerzas que le quedaban, las últimas, y se arrastró rápidamente por la vaguada.

Era un arrastrarse desesperado, un último gesto. Ese gesto que decidiría la vida o la muerte, empujado por ese empeño del ser humano agonizante por inspirar el último hálito de vida, aunque su cabeza se hubiera ya separado del cuerpo. Las cabras toman aire y respiran mucho tiempo después de ser degolladas, aun con la cabeza separada del tronco. Y el arruí sacrificado se yergue en pie, descabezado, y corre una larga distancia por la llanada antes de, finalmente, rendirse y entregarse a Dios. Y el lagarto. El caso del lagarto es aún peor. Lo matas por la mañana, y cuando lo echas a la hoguera por la noche para asarlo, salta del infierno de fuego y corre por el campo.

Pero hay otra vida entre la vida y la muerte. Hay un tercer estado que no es la nada ni es la existencia. Él ahora se encontraba en ese tercer estado. Se arrastraba por el valle como las serpientes, con los ojos velados, sin ver nada, buscando insensible la gota de agua que ayer había arrojado en el fondo de la vaguada antes de la batalla.

Con mano temblorosa palpó el forro de tela de la cantimplora, y bebió. Finalmente, se quedó dormido.

Se despertó en mitad de la noche. Era la segunda noche que dejaba sola a la anciana.

Vaga por los bosques, entre los cortados de las montañas, como un muflón agotado por la tristeza, deseando librarse de lo escrito en la tabla del destino, pero las profecías del destino permanecen sobrevolando sobre su cabeza eternamente.

SÓFOCLES, *Edipo Rey*

La metamorfosis

Después de aquello, aborreció para siempre la carne; todo tipo de carne. Notó el cambio por primera vez cuando murió un cabrito y se encontró a su madre cocinándolo en la olla a la entrada de la cueva. Volvía de cuidar el ganado y el olor le asaltó la nariz desde muy lejos. Sintió mareos y náuseas y descargó varias veces sus tripas ya vacías en medio del campo antes de llegar a la vivienda.

Así comenzó su aversión a la carne. Se extrañó de cómo pudo haberle gustado. ¿Cómo podía una criatura de Dios comerse la carne de otra? ¿Qué diferencia había entre la carne animal y la carne humana? Quien podía comer carne de arruí podía comer carne humana también. El padre se había encarnado en el arruí, y este se encarnó en él. Aquel soberbio arruí, su difunto padre y él mismo, eran ahora uno solo. Nada los separaría.

La madre se enfadó y le dijo que eso era cosa de los genios. Le aconsejó recurrir a talismanes de los brujos:

—¡Sé por fin un hombre —le reprendió iracunda— y habla con los comerciantes de las caravanas para que te traigan un amuleto de Kanu o de Tombuctú!

Él ni renunció ni habló con los comerciantes para conseguir el amuleto, porque ni temía a los genios ni deseaba protegerse del arruí. ¿Por qué protegerse de sí mismo?

Nunca le confesó su secreto.

Nunca le habló de su metamorfosis.

El viaje del cuerpo

Alrededor de esa metamorfosis las gentes de los oasis tejieron leyendas.

El desierto lo expulsó con la sequía; así que se vio forzado, por primera vez en su vida, a descender a los oasis para probar suerte con la gente. Su peregrinación a Ghat coincidió con la campaña de detenciones de jóvenes de los oasis llevada a cabo por el capitán Bordello, con el fin de conducirlos a Murzuq y recluirlos allí en un campamento que había levantado para adiestrarlos y preparar la invasión de Etiopía.

Antes de la sequía el cielo había anegado los valles del desierto con avenidas de agua. Las torrenteras inesperadas arrastraron a la anciana fuera de la cueva y sus restos los fue encontrando por el Abrahoh durante los tres días siguientes. Las piedras la habían destrozado durante el largo trayecto. Su cabeza estaba machacada y sin pelo. Los árboles habían arrancado los escasos cabellos plateados de su cabeza menuda, de manera que solo quedaban en el cráneo mechones dispersos y embarrados. El ojo derecho se le había salido: las piedras lo habían devorado en aquel cruel viaje y en su lugar solo quedaba un vacío, como una boca abierta. La pupila del otro ojo brillaba como escrutando el cielo. Con la cabeza quedaba parte del cuello, cubierto por una capa de barro seco sobre la sangre. El resto de los miembros —manos, pies y el resto del cuerpo— los fue encontrando esparcidos a lo largo del valle durante tres días de marcha, desgarrados y sajados, como cortados a cuchillo. La mano derecha se aferraba a una espinosa rama de acacia desde antes de desencajarse del resto del cuerpo, con el hueso aflorando en varios puntos del brazo. Las piedras inmisericordes habían devorado la carne en las partes tiernas. Intentó soltar la rama de su puño, pero no pudo. La carne tierna se desprendía, pero las falanges seguían tenazmente agarrotadas. Se había agarrado al árbol mientras la riada arrastraba su cuerpo y seguía aferrada a él. Pero la fuerza descontrolada del torrente había vencido al deseo, también desesperado, de respirar y vivir. El cuerpo se separó del brazo, que quedó asido a la rama de la salvación. La rama de la vida. Ese era el estado: el tercer estado entre la vida y la muerte, entre la existencia y la nada. El cielo y la tierra que había visto en los ojos de los animales sacrificados, y que había experimentado aquel día mientras se arrastraba por el lecho seco del río buscando la gota de agua entre la vida y la muerte, cubriendo una distancia durante la cual el ser puede volver a la vida, pero también tal vez cruzar hacia la muerte y avanzar hacia la nada y las sombras.

A lo largo y ancho valle no encontró más restos del cuerpo.

Cuando encontraba un trozo lo metía en el morral, subía a un promontorio, le excavaba una fosa y lo inhumaba, hasta llegar a hacerle a la difunta cinco tumbas en lugares distantes, sobre las que colocó piedras a modo de señales que indicaran el camino y condenaran la crueldad del asesino anónimo.

Los opuestos

El torrente los había atacado usando la misma arma de siempre: el engaño.

No había observado señal alguna que así lo advirtiera. El cielo estaba limpio desde la mañana y despejado de nubes, lo que le animó a salir temprano con el ganado hacia las majadas. Por la noche tampoco se vio un relámpago, ni se oyó el restallar lejano del trueno. Pero Tadrart y toda la sierra del Acacus estaban viviendo aquella noche aguaceros como no se habían visto desde hacía años. Como de costumbre, las aguas no fluyeron por los cauces hasta dos días después. La riada sorprendió a la madre por la tarde, mientras él estaba ausente apacentando el ganado.

El ser humano puede morir en el desierto de dos formas opuestas: o ahogado o sediento.

Tras la muerte de la madre pasó varias semanas en los altozanos con las cabras que quedaban, a la espera de que la corriente parara y los valles sedientos comenzaran a absorber el agua.

Miles de años de sed ayudaron a la tierra a someter al río, que comenzó a secarse y a agrietarse rápidamente, exigiendo más.

Aquel año los valles, las llanuras y las estribaciones de las montañas se colmaron de bosquecillos, arbustos y vegetación. Vio árboles que no había visto antes y probó hierbas que tampoco antes había probado. Se maravillaba de cómo podía el desierto ocultar las semillas de tantas plantas. Apenas caía la lluvia y se extendían los torrentes, la dura, triste y sedienta tierra verdeaba con mil especies diferentes. Crecían rápidamente, y los árboles pálidos y secos reverdecían en pocos días. Era como si las semillas diseminadas en la nada, en los pliegues de la arena y entre las mudas rocas, hubieran estado anhelando ese momento de encuentro entre cielo y tierra, hasta que una vez ocurrido, el germen se estremeciera en la oscuridad y, respirando aliviado, hendiera la tierra o la roca y asomara la cabeza, buscando el sol y la vida.

Le gustaba detenerse e inclinarse a contemplar las hojitas que rompían la capa de barro para brotar con el empuje de la fuerza de la vida. Desgarraban el velo de las sombras para disfrutar del espacio y el campo abierto. El agua regalaba vida al desierto como había regalado muerte a su anciana madre.

Y como es siempre el caso, a las torrenteras devastadoras había de seguir la sequía. La falta de agua se prolongó largo tiempo. Más de cuatro años. Durante los dos primeros vivió de las plantas de aquella generosa riada. Pero las oleadas del viento sur que barrieron el Sáhara el tercer año secaron los árboles que habían aguantado y absorbieron la última esperanza de vida de las plantas de los valles.

Al tercer año el rebaño comenzó a morir. Los cabritillos y machos cabríos que había criado en el año de bonanza fueron eliminados por el viento del sur. Todos los valles amarillearon, agostados y tristes. El ganado no encontraba qué comer, buscando boñigas entre las piedras y los remanentes del año de la riada.

Assuf se sentaba sobre la piedra en la boca del pozo sacándoles agua para beber y contemplaba sus cuerpos famélicos, resecos y lentos. ¿Dónde quedaba aquella inquietud que caracterizaba al ganado? ¿Dónde aquella vitalidad retadora de los cabritillos y dónde aquellos poderosos machos cabríos que no dejaban de cornearse y rivalizar por la hembra deseada? ¿Adónde había ido a parar esa mirada inteligente y chispeante de brillantes ojos negros?

Todo eso había desaparecido porque el ganado no encontraba ya ni las heces de las que emanara el aroma de las plantas de aquel año extraordinario. Incluso los comerciantes de las caravanas dejaron de aceptar permutas. Una vez fue y amarró tres cabras en campo abierto sobre un promontorio, y se retiró. Se quedó lejos a la espera de que pasara la caravana que se dirigía a Kanu. Los comerciantes llegaron, observaron la mercancía largo tiempo, examinaron las cabras, hablaron entre ellos y finalmente se marcharon sin dejarle nada. Dejaron la mercancía tal cual. Su ganado ya no valía ni para trocarlo. ¿Qué iba a hacer? ¿Cómo viviría sin dátiles y sin harina?

Pero aquella desgracia fue más llevadera que la que vino después. El rebaño comenzó a morir. Uno de aquellos días por la mañana se levantó al amanecer y se encontró con que una cabra había muerto durante la noche. A esta la siguieron dos, un macho y un cabrito. Y así se fueron sucediendo los cadáveres.

Su preocupación aumentó y comenzó a pensar seriamente en bajar a los oasis.

No le habría sido tan fácil asumir tal decisión si no hubiera visto la muerte acercándosele día a día.

El valle acabó plagado de cuerpos. Los contemplaba, sin moverse ni para sacrificarlos, pues él no sacrificaba ni comía carne desde lo del abismo. De noche las disputas entre chacales por la carroña lo despertaban. A la mañana siguiente echaba tierra a los cadáveres pestilentes, desventrados por los chacales y de hermosos y negros ojos tristes comidos por gusanos.

Pero no abandonó las cuevas ni descendió de la sierra de Acacus hasta morir la última de las cabras.

El último vínculo que le unía a Massak Settaft se había roto.

El desdichado

Los hombres del capitán Bordello lo detuvieron el primer día que entró en el oasis. Se lo encontraron sentado junto a una pared en Suk Alhaddada recuperándose del largo viaje. Le ataron las manos y lo condujeron al cuartel italiano en la zona alta. Allí se encontró con un grupo de jóvenes retenidos dentro del acuartelamiento. A su llegada se rieron de él e intercambiaron chanzas; luego lo acosaron a preguntas. Cuando supieron que había bajado a Ghat por primera vez desde la lejana Massak Settaft asolada por la sequía, uno de ellos soltó una risa nerviosa: «Habría que decirle eso de a perro flaco...». El grupo se rio. A la mañana siguiente los juntaron como ganado en una larga fila y los condujeron hacia Alawenat, en el camino de Murzuq. Allí los esperaba el disparatado capitán Bordello, para instruirlos y cumplir con ellos sus ensoñaciones épicas de avanzar en dirección este hasta Abisinia con tropas a camello.

En el camino, antes de llegar a Alawenat, tuvo lugar el suceso que del que se hizo lenguas la gente y sobre el que se tejieron leyendas. Lo refirieron los jóvenes, que afirmaron que en la vida habían visto un milagro tal. Vieron a un hombre librarse de las ataduras, transformarse en arruí y correr hacia las montañas, saltando sobre las rocas, raudo como el viento, ajeno a la lluvia de balas que arreciaba sobre él por todas partes. ¿Habíais visto antes a un ser humano convertirse en arruí? ¿Habíais visto a un ser humano salvarse del plomo italiano mientras corría a pie hasta desaparecer en las umbrías de las montañas?

Los sabios sufíes de los oasis sacudieron sus cabezas como en trance, echaron sahumerios al fuego y coincidieron: ese hombre era un bendito de Dios.

Por la noche, los sabios se dirigieron a la zagüía y organizaron una ceremonia durante la cual cayeron en éxtasis hasta el amanecer, todo en honor de aquel bendito de Dios y de alegría porque el Ser Divino hubiera descendido al cuerpo de una humilde criatura terrenal.

Aquel fue el primer y el último encuentro entre Assuf y la gente de los oasis. Se dirigió a Massak Mallet, donde pacían sus camellos. Allí Dios le abrió la puerta que solo abre a sus benditos: una nube pasajera había recorrido los valles inferiores y había descargado en sus llanuras. Permaneció en el desierto de arena con sus camellos hasta que el cielo se compadeció por fin del desierto montañoso después de muchos meses; luego regresó a las cuevas de Metjandush. ¿Acaso los derviches sufíes habían sabido interpretar el más allá en sus visiones sobre la santidad y la encarnación divina?

La súplica

Caín insistió en que los acompañara a buscar arruís en las montañas cercanas.

Lo sentó entre los dos y Masud se puso al volante. Se enjugaba el sudor de la frente y maldecía el desierto con palabras soeces que Assuf oía por primera vez. Nunca había oído a un ser humano pronunciar expresiones tan repugnantes, y no entendía qué crimen había cometido el desierto que mereciera tales descalificativos.

El vehículo arrancó devorando la llanura que se fundía a lo lejos con el horizonte.

Era la segunda vez que Assuf se subía a un automóvil. La primera vez fue en compañía del sabio italiano canoso, que lo sentó a su lado en un vehículo descubierto y le pidió que lo guiara hasta las cuevas del valle del Aynsís. Allí escudriñó las montañas del valle peña a peña, colocó hitos con piedras junto a algunas cuevas y les untó un líquido pegajoso y blanco para distinguirlas de las demás. Luego se volvió con él hacia Metjandush. Le dio conservas, una hogaza de pan blanco y un paquete de galletas; bromeó con él, se montó en su coche descubierto y partió hacia el este, hacia Abrahoh. Era un cristiano risueño y bueno. De regreso a Metjandush se les había cruzado en el camino una pareja de arruís, un macho y una hembra, que escaparon trotando con parsimonia hacia la montaña. La hembra estaba preñada, así que el macho tenía que acompasar su carrera con aquel trotar pesado y lento. El cristiano tenía en el asiento trasero una escopeta cargada. Cuando alargó su mano hacia atrás, mantuvo fijos los ojos en la pareja que se movía entre las rocas escarpadas, de modo que Assuf creyó que iría a tomar la escopeta y dispararles. El sudor perló su frente y un terror difuso lo dominó. Pero lo que el cristiano tomó fueron sus prismáticos, que colocó ante sus ojos, para contemplarlos por las lentes hasta que se ocultaron en las umbrías de la parte alta de la montaña.

Recordó cómo lo habían recibido los soldados del capitán Bordello en Ghat treinta años atrás, y se dijo que este cristiano no se parecía a aquellos.

¿Se dijo eso porque el cristiano no había matado a los arruís, o porque le había dejado regalos y latas de conserva?

No, no. Lo pensó por la sensación de amor al desierto que aquel anciano de pelo cano infundía. Lo vio en sus ojos y en la manera de tratar las piedras tintadas. Vio cómo le temblaban los dedos al palpar las paredes de las cuevas con grabados de los ancestros. En momentos como aquellos un brillo extraño le inundaba los ojos. Sacaba un pañuelo del bolsillo y acariciaba el polvo y la tierra húmeda de los rostros grabados en las piedras silenciosas, hasta que la imagen se mostraba en su totalidad. Retrocedía unos pasos y contemplaba el dibujo. De sus labios surgía una sonrisa y un deje de tristeza le asaltaba las pupilas. En ocasiones se plantaba de pie largo tiempo ante un grabado, con los brazos cruzados sobre el pecho, inclinaba la cabeza a derecha e izquierda, con la sumisión en los ojos del musulmán al rezar, y musitaba palabras ininteligibles a acompañantes ausentes, chocando las palmas de las manos y saltando en el aire como los derviches, lanzando expresiones incomprensibles, completamente ido. Cuando regresaba de su arrobo al mundo terrenal, le sonreía disculpándose y le palmeaba el hombro como si deseara asegurarle que aún no había enloquecido.

La llanura terminaba allí. Massak Settaft comenzaba a revelarse en el despliegue de promontorios cubiertos de grandes piedras negras abrasadas por el sol eterno. El vasto y diáfano desierto de arena, amable con los creyentes, acababa ahí; y comenzaban los obstáculos del hostil desierto montañoso. Con rigor recibía este desierto a los viajeros provenientes del otro desierto rival, el arenoso. Parecería que hubiera heredado tal hostilidad de aquel tiempo remoto en el que eran incesantes las batallas crueles entre ambos desiertos, en las que ni las deidades de los cielos consiguieron traer paz o rebajar el ardor. Y ahí lo tenías mirando con odio a los visitantes que arribaban desde su oponente. El vehículo brincaba y saltaba por los aires una y otra vez, de modo que Masud se vio obligado a reducir la velocidad al mínimo. Los pedruscos grandes le forzaban a maniobrar y girar siguiendo estrechas veredas para evitar caer en baches y socavones inesperados.

Assuf les advertía de las sorpresas del vil desierto pedregoso. El suelo parecía vasto y llano hasta que súbitamente te topabas con un precipicio. Las cárcavas abrían surcos en el terreno, pero de una profundidad enorme. Cada vez que Assuf avisaba de un precipicio o una zanja oculta, Caín gritaba: «¿No decía yo que eras un genio? ¿Quién sino los genios pueden ver esta trampa? Si no fuera por ti hace ya tiempo que hubiéramos acabado en el fondo de una de estas grietas».

El sol se retiró de su trono, mostrando signos de derrota mientras se quebraba hacia el ocaso. En el momento del descenso siempre parece abatido y triste. Tal vez porque se despide del desierto en su camino diario hacia su eterna morada. Por la mañana no despliega en su rostro esos mismos rasgos y parece duro e intimidante, amenazando a todos los seres con el escarmiento y el castigo.

El vehículo descendió por la ladera hasta la hondonada del valle. Durante todo el viaje Assuf había estado rezando, musitando la *Fátiha* y pidiéndole a Dios que no colocara un arruí en el camino. En cuanto llegaron al valle, Caín ordenó detener el vehículo. Se apeó y rastreó sus huellas.

—¿Estas huellas no son de arruí?

Assuf bajó detrás de él y dijo tartamudeando:

—No creo. Esas son huellas de cabra.

Caín lo miró con recelo y preguntó:

—¿Huellas de cabra? ¿Estas son huellas de cabra?

No apartó la vista de Assuf. Había ira en su mirada y una velada amenaza. Luego avanzó unos pasos siguiendo el rastro del rebaño mientras repetía: «¿Huellas de cabra? ¿Estas son huellas de cabra?».

En aquel instante sucedió lo que Assuf llevaba temiendo todo el día. Detrás de una roca y justo delante de él, un arruí asomó la cabeza y se detuvo, observando sus movimientos en el valle. Assuf apartó el rostro rápidamente hacia el otro lado. Dio gracias a Dios de que Caín y Masud no hubieran visto el magnífico animal. Para disimular su desconcierto y a la vez distraerlos, levantó la cabeza a lo alto e impetró a Dios como iniciando el rezo de la tarde. Sentía que el animal seguía parado a su espalda, observándolos entre las rocas. El desgraciado lo había olfateado a él y por ello confiaba en los visitantes. Los arruís se le acercaban y pastaban junto a su lado en grandes grupos desde que dejara de comer carne tras el suceso del precipicio, y desde que viera a su padre en los ojos del soberbio arruí que lo salvó de la muerte y que pareció fundirse con él justo antes de perder la conciencia. Los rebaños se le acercaban en las zonas de pasto y se mezclaban con las cabras; los machos cabríos lo aceptaban, le olisqueaban las ropas con sus morros y lo contemplaban con ojos pacíficos y extraños, hablando mil lenguas sin emitir un solo sonido. Luego avanzaban para pastar entre los arbustos. Al principio él guardaba silencio y se quedaba paralizado por la emoción. Con el tiempo se acostumbró y comenzó a disfrutar de ellos; a hablarles y contarles historias; a quejárseles de sus cuitas, de la dureza del desierto y de su miedo al ser humano. Ellos lo consolaban con esos ojos que dominaban mil lenguas y conversaban en mil idiomas sin hablar.

Ese arruí lo había reconocido y quería acercarse a saludarlo. Pero, de hacerlo, caería en manos de aquellos salvajes. Caería en manos de gente que se alimentaba solo de carne de gacela y de arruí. ¡Ay de ti! ¡Aléjate! ¡Salta a las profundidades de la sierra, espíritu de la montaña! Vuelve a tu refugio secreto e inexpugnable. Dile a tu santuario que te trague hasta que pase este lance.

Acabó su rezo. Repitió su monólogo a la montaña para que salvara su espíritu. Se dio la vuelta: el arruí había desaparecido.

En aquel momento Caín se inclinó sobre las heces del arruí. Las esparció con la mano y protestó con enfado: «¿También son de cabra estos excrementos?».

El recogido

Su historia con la carne comenzó ya desde la lactancia.

Su padre había muerto apuñalado estando su madre encinta. La madre murió de resultas de la mordedura de una víbora una semana después del parto. Su tía materna se hizo cargo de su cuidado y le dio sangre de gacela en uno de los viajes a la Hamada, siguiendo el consejo de un alfaquí, quien le aseguró que ese era el único talismán que podría conjurar la fatalidad y proteger al resto del clan y a los familiares cercanos de la maldición que lo perseguía desde que apenas era un embrión en el vientre de su madre. Pero su tía y su marido murieron de sed en aquel viaje. Una caravana de paso recogió al bebé cuando este metía la cabeza en el vientre de la gacela y lamía sangre y heces de la panza hendida. Se decía que fue la sangre lo que lo salvó del cruel destino que se había abatido sobre su tía y su marido. El dueño de la caravana no habría recogido al bebé de haber conocido su pasado. No se le pasó por la cabeza que aquel «pequeño ángel» iba a ser la causa de su perdición.

Sus negocios salieron mal. Unos bandidos del desierto se apropiaron de sus rebaños y le saquearon una caravana que se dirigía a Tombuctú. Los ladrones lo asaltaron justo al mediodía, mientras sesteaba en los oasis centrales, reputados como seguros, y lo habrían apresado, de no haber corrido a socorrerle uno de sus ayudantes más fieles, que los espantó disparando una vieja carabina otomana que jamás había abierto fuego antes y que, por vivir entre gente pacífica, nunca creyó que llegara a necesitar. Se salvó de puro milagro de la perfidia de sus enemigos, pero perdió toda su fortuna, que se movía por el Sáhara.

No se percató de la razón oculta de su desgracia hasta que encontró a su hijo adoptivo comiendo carne cruda del plato, con sangre goteándole entre los dientes. En uno de los siguientes viajes a Kanu expuso su caso a los hechiceros. El brujo le pidió que le trajera un mechón de pelo o algún trozo de ropa, así que se quitó un brazalete de cuero de su muñeca y se lo entregó. Le dijo que el brazalete había rodeado el cuello del niño. El brujo movió la cabeza, recitó sus conjuros, sus ojos parecieron desaparecer en otro mundo, arrojó el brazalete al fuego y se quedó susurrando largo tiempo en lengua *hausa*. Luego mascculló con ojos enrojecidos:

—Quien ha mamado sangre de gacela de pequeño no se enderezará hasta que de mayor se sacie de carne de Adán.

Adán gritó al hechicero negro con estupor:

—¿De mi carne?

El brujo aclaró sin dar muestras de estar molesto:

—He dicho carne de Adán, no de tu carne.

Salió indignado de la choza. Dos días después acudió a uno de los hechiceros más afamados. Le contó la historia del huérfano desde el principio hasta el suceso de la carne cruda. El hechicero pidió que le diera un tiempo. Adán acudió a él en el momento acordado y su respuesta lo perturbó. Con voz clara sentenció:

—Caín, hijo de Adán, no te saciarás de comer carne ni de beber sangre, en tanto no comas carne de Adán ni bebas su sangre.

Repitió la ambigua frase tres veces.

Tras una larga conversación, el hechicero se dejó convencer y le preparó un amuleto que lo protegiera.

Pero ni siquiera los amuletos de los brujos de Kanu pueden protegerte de lo que ya está escrito. En uno de los viajes lo perdió, y el niño volvió a comer carne cruda. En cuanto a Adán, se aventuró en un viaje comercial hacia el interior de las selvas. Allí, los guerreros de las tribus *Yam Yam* lo atravesaron con sus lanzas, lo despedazaron y se lo comieron crudo. Los *Yam Yam* son conocidos por su amor por la carne blanca.

Antropofagia

A Caín sus iguales lo apodaron también "hijo de Yam Yam", después de que fuera fama que le gustaba la carne cruda. Sucedía que cuando se peleaba con los hijos de los vecinos estos lo insultaban:

—¡Pájaro de mal agüero, que te comiste la carne de tus padres y ahora te vas a comer toda la carne del mundo! ¡Demonio, hijo de *yam yam*!

Él los atacaba y ellos huían. Les enseñaba la dentadura y castañeaba los dientes imitando a los negros *yam yam* para asustarlos, con lo que los niños corrían a casa con las caras pálidas de terror. Lo hacía de broma, pero no podía verse sus propios rasgos como para notar hasta qué punto se parecía a los negros *yam yam* que disfrutaban comiendo carne humana.

No se libró de esa fea costumbre hasta que creció y se convirtió en uno de los cazadores más famosos de la Hamada Roja. En cuanto se prolongaba su ansia de carne de gacela se desvelaba de noche alarmado y despertaba a sus compañeros para que lo acompañaran a cazar. A Masud, que lo había acompañado y frecuentado más que ningún otro, le gustaba contar el extraño suceso de cuando Caín decidió dejar de comer carne. Un mes después su aspecto había cambiado. Con el cuerpo ya macilento y marchito y los pómulos salientes, padecía de cefaleas y ataques nerviosos como epilepsias, en los que lo asaltaba un fuerte escalofrío, le salía espuma por la boca y caía al suelo entre violentas sacudidas como un pollo descabezado. Entonces Masud le asperjaba agua y le venía con una taza de té verde, creyendo que el té podría curar cualquier adicción, incluso a la carne, ya que muchas veces había tratado a los adictos dándoles de beber. Quizá lo hacía así porque la única adicción que hay en el Sáhara es al té verde. Pero Masud comprendió que su esfuerzo era estéril cuando cierta noche lo despertaron los insistentes sollozos de su amigo:

—No puedo. No puedo. No puedo. Ya no aguanto más.

Lo acompañó a la llanada y cazó para él una gacela de la que comió aquella misma noche.

En aquellos años la Hamada estaba pletórica de vida y de rebaños de gacelas. La lluvia abundante no era tan infrecuente. Si el cielo era avaro y el agua escaseaba ese año, el deseo del cielo de unirse a la tierra salvaba al año siguiente las semillas de perderse y evitaba que los arbustos se secaran. Entonces llegaba la liberación. Las planicies reverdecían en primavera y prosperaban la trufa, las avecillas, las liebres y las gacelas. E incluso si uno casualmente se asomaba a las llanuras altas podía sorprender a la más bella criatura pastando apaciblemente, hasta que esta sentía la presencia humana y se apresuraba a salir huyendo. Cuando huía en manadas, la planicie se movía y el desierto se movía también, como si el mismo desierto fuera el que se desplazara y huyera de la crueldad del ser humano. Pero había otra razón por la que en aquella época la más bella criatura abundaba.

Aún no habían entrado en el terreno sagrado del desierto ni los Land Rover ni las armas automáticas. Los maléficos vehículos aparecieron con la llegada de las empresas que buscaban petróleo y riquezas del subsuelo. Y pocos años después surgió el arma endiablada, precisamente para profanar la Hamada y acabar con los rebaños a salvo hasta entonces.

La llegada de esa arma fue el mayor regalo que pudo haber hecho a Caín Adán cierto oficial del acuartelamiento americano de Gharian. Trataba con ese oficial desde que cazara con la antigua carabina otomana heredada de su padre adoptivo y fatigara las planicies desérticas con su amigo de la infancia Masud a lomos de camello. Con el comienzo de la primavera salían del pueblo adormecido en los límites de los montes occidentales durante semanas enteras, para regresar sólo cuando se les acababan las provisiones de agua y comida. Volvían con tiras de carne seca de gacela, y visitaban el destacamento militar para que el oficial americano les comprara los excedentes de Caín, o para trocarlos por sacos de harina, té, azúcar y comida enlatada.

Después de tres años de negocios, el oficial le enseñó a conducir y le regaló un Land Rover viejo para que pudiera perseguir a la criatura más bella. No había contemplado su extraordinaria belleza hasta que pudo disponer de esa extraña y endiablada máquina. Le permitía verla viva de cerca. Antes de eso, la gacela no consentía que se le acercara a menos de doscientos metros. Es el animal más sensible y vigilante del desierto. Huele al ser humano desde muy lejos, por lo que solo alcanzaba a verla, inopinadamente, entre las sombras del alba o en los días en los que el aire parecía morir y se detenía completamente.

Las ruedas del demonio le dieron la posibilidad de llenarse los ojos con la más bella criatura. Cuando Masud conducía y atravesaba el rebaño con el vehículo procuraban escoger un ejemplar concreto como presa. Normalmente era él quien seleccionaba. El conductor se dedicaba a la tarea de perseguir a campo abierto, rumbo al horizonte que parecía no terminar nunca. La gacela volaba y la máquina endiablada la perseguía. La alcanzaba. Se ponía a su altura. Esa era la gacela que soñaba, como soñaban todos los niños del Sáhara, con agarrar con sus propias manos, palmear su esbelto pescuezo, acariciar su pelo dorado, mirarla fijamente a esos ojos inteligentes e inquietos, besarle la frente, abrazarla contra su pecho. Aunaba el encanto de una mujer y la inocencia de un niño; la perseverancia del hombre y la nobleza del jinete; el pudor de una muchacha inocente y el rigor del desierto; la ligereza del pájaro y el misterio de la inmensidad.

Eso es. Agotada y rota. El sudor le cubre el cuerpo y le espumean los labios. Enloquece y levanta el vuelo. No puede proseguir, pero resiste y resiste sobreponiéndose a ese calvario. Su forma de correr no tiene parangón con ningún otro animal en fuga. No recurre a escabrosos promontorios como hace el arruí, ni regatea ni quiebra en su carrera, sino que avanza en línea recta, a través de la fácil llanura, en la convicción de que quebrantar las normas de la carrera sería algo innoble y vergonzoso. Prefiere el heroísmo a la mezquindad y a las evasivas. Rechaza los trucos y la doblez, y escoge cumplir con las normas de la caballerosidad.

Pobre gacela. No sabe que el mero uso de ese instrumento demoníaco atenta contra la naturaleza, quebranta las normas del combate noble y supone recurrir al más atroz engaño.

Pero a Caín poco o nada le importa quebrar el orden natural. Lo que le importa es cazar el mayor número posible de gacelas para calmar el ardor de sus dientes, acallar sus tripas y vender el resto al oficial de la base americana.

Migración

Tiempo después, John Parker le regaló otra máquina del demonio.

Con la llegada al Sáhara de los rifles automáticos las posibilidades de salvación de las gacelas fueron mínimas y la desaparición de los rebaños se hizo inminente. Caín recordaba los ríos de sangre que vertió cuando tuvo el arma a su disposición. Descendía a la planicie repleta de gacelas y comenzaba la cosecha. Una única ráfaga podía abatir varias. Volvía a apretar el gatillo y caían como dátiles de racimos golpeados en la tormenta. Y la tormenta aniquilaba de un solo disparo. En una de las batidas una bala atravesó una hembra preñada, que buscó refugio en un pequeño arbusto de retama, entre gemidos de dolor. Expulsó el feto y se apresuró a lamer la sangre y la placenta que cubría el cuerpo de la cría. Ella sangraba y sangraba su retoño, que intentaba levantar la cabeza atravesada por la bala. Cuando quedó inerte y la madre comprendió que había muerto, alzó su testa hacia el cielo claro y prorrumpió en un berrido trágico y lastimero. Al volverse él, vio en los ojos de la hembra lágrimas enormes. La vio avanzar un par de pasos hacia el vehículo hasta caer muerta, con una mirada triste en sus ojos que se perdía en el vacío.

Antiguamente podía cazar una sola gacela en una batida, o dos si le sonreía la suerte. Ahora las tornas habían cambiado. ¡Podía acabar con todo un rebaño en una sola incursión, salvándose una gacela o dos si era al pobre animal a quien sonreía la suerte!

Con el incremento de la masacre aumentó el consumo de carne. Ahora desayunaba un ejemplar, almorzaba otro y cenaba otro más, incluso más de uno si tenía huéspedes o invitaba a alguien de paso, fuera pastor, viajero o comerciante de alguna caravana. Ni un solo día de su vida hubiera imaginado que las gacelas podrían llegar a escasear como ahora. Nunca hubiera creído que ese animal, tan abundante en el Sáhara, podría desaparecer. Recordaba los fetos que extraía de las hembras sacrificadas, y recordaba sobre todo la gacela abatida gimiendo a los cielos y cuya cría había matado en su vientre. Pero enseguida lo olvidaba todo y seguía peinando la Hamada en busca de individuos errantes que se refugiaban bajando al sur hacia las montañas Hasáwana.

Los viajeros y los comerciantes de las caravanas afirmaban haber visto gacelas cruzando la frontera hacia Tassili, en una dura travesía por territorios cubiertos por el atroz tapiz de piedras negras. Dijeron también que había restos de sangre por todos lados, ya que las afiladas piedras negras se cobraban su parte y laceraban las pezuñas de los rebaños migrantes.

Las montañas Hasáwana se habían convertido en refugio para las gacelas en tránsito hacia el desierto argelino. Las gacelas agotadas y heridas habían hecho de la inexpugnable cordillera un santuario desde donde partir, tras reponer fuerzas, y continuar el fatigoso camino hacia el lejano sur. Los antiguos cazadores vieron una señal celestial en este cambio extraño en los hábitos de las gacelas, sin precedentes en la larga historia del Sáhara. A los ulemas no se les olvidaba en cada rezo impetrar a Dios para que los protegiera del demonio del ser humano y solicitar Su protección ante la maldad y voracidad del hombre, que había sido el causante de la invención del arma demoníaca que amenazaba con extinguir la criatura más hermosa y obligaba a los individuos que quedaban a migrar hacia los confines más lejanos, no buscando el sustento, sino su supervivencia y la de su prole frente a la extinción.

Los cazadores se encontraban en la estepa y trasnochaban en torno al té verde consolándose unos a otros: «La gacela tiene ahora querencia por las cumbres, como el arruí. Esto es el fin de los tiempos». Nadie sabe interpretar las señales como las gentes del desierto. Nadie les va a la par a la hora de leer los arcanos ocultos. Y solo se reúnen para buscar una explicación a las señales del fin de los tiempos.

¡Sálvanos, Señor!, que se acaba la lealtad,
desaparece la sinceridad entre los hombres.
Antiguo Testamento
Salmo 12:1

Solo la tierra saciará al hijo de Adán

La pelea estalló inesperadamente.

Tras regresar de la fracasada incursión exploratoria, Assuf aludió de pasada a la voracidad de Caín:

—Oí a mi padre decir que solo la tierra saciaría al hijo de Adán.

La frase no hubiera provocado a Caín si no hubieran vuelto frustrados de la batida. Se lanzó contra el beduino gritándole enojado:

—¿Qué quieres decir, pastor?

Assuf retrocedió unos pasos y repitió estúpidamente:

—Que mi padre decía que solo la tierra saciaría al hijo de Adán.

—¿Te estás burlando de mí, viejo desgraciado?

En este instante Masud soltó una fuerte risotada, pero su amigo lo calló con una mirada iracunda; luego se volvió a Assuf. Avanzó hacia él, pero el beduino huyó hacia la cueva donde se guarecía el rebaño de cabras. Corrió con trancos rápidos, pero Caín lo alcanzó cortándole el camino:

—¡Maldita sea tu estampa, viejo desgraciado! ¿Crees que soy tonto? Te haces el loco, te las das de ermitaño y nos ocultas a posta los escondrijos del arruí. ¿Crees que no me he dado cuenta de tus trucos?

Assuf comenzó a temblar y un sudor frío le inundó la espalda. Caín lo amenazó con el puño en la cara hasta rozarle su desvaído turbante:

—Si no nos guías hasta el arruí vas a tener un mal día. Vas a ver las estrellas aunque sea medio día. No bromeo.

Masud se les acercó, pero Caín lo apartó con la mano, sin volverse. Assuf retrocedió aún más, agitando los brazos alelado como si fuera a levantar el vuelo.

Los ojos de Caín parecían salirse de las órbitas. Espumeaba por la boca, cada vez más frenético.

—Masud, trae la soga —ordenó—. Llevas dos días riéndote de nosotros como si fuéramos niños. Ahora nos toca a nosotros reírnos de ti, hijo de perra.

Paralizado, el pastor dejó de mover sus largos brazos y permaneció quieto mientras Masud venía con una larga cuerda de fibra de cáñamo. Caín prosiguió recitando la lista de agravios:

—¿No te da vergüenza? ¿Un viejo como tú, mintiendo? En los oasis nos dijeron que eras el único que podía informarnos de sus escondrijos por estas tierras.

Assuf abrió la boca y, como no encontró qué decir, repitió estúpidamente la frase cruel:

—Solo la tierra saciará al hijo de Adán. Eso decía mi padre.

Caín se le abalanzó primero, y luego Masud lo agarró; pero para sorpresa de ambos el beduino no mostró resistencia.

—No te librarás de mí como te libraste del capitán Bordello —advirtió Caín—. Me han contado la historia, pero yo no me creo que te convirtieras en un arruí. ¿Me entiendes? Yo no me creo que seas un santo de Dios.

Acabó de atarle las manos y los pies. Luego se llevó la mano a la cintura y mostró la pistola negra.

—Si es verdad que eres un santo divino —gritó—, huye a las montañas como hace el arruí. Ja, ja, ja… Si te conviertes en un arruí yo seré el primero en comerte, ja, ja, ja.

Pero Assuf repitió la frase, como si reiterara un exorcismo capaz de protegerle de la crueldad del verdugo:

—Solo la tierra saciará al hijo de Adán.

Caín perdió los nervios, herido por la provocación. Agarró a su víctima atada de pies y manos y lo arrastró por el lecho arenoso, camino de la enorme peña sobre la que se erguía el soberbio arruí junto al Gran Sacerdote.

El esfuerzo lo agotó, así que se detuvo, se enjugó el sudor de la frente con el brazo y gritó a su compañero:

—¿Has venido aquí a mirarme? ¿Por qué no me ayudas?

Masud se acercó para ayudarle a arrastrar a Assuf hacia la roca. Lo asió por el pie derecho y Assuf lo miró con ojos de terror y súplica, pero Masud no atendió esa petición de ayuda, que quizá ni vio.

Caín rodeó la peña y la subió por detrás, desde el lado más accesible conectado con la larga cadena de cuevas que se prolongaba al suroeste hacia las profundidades del valle. Se asomó a la pared vertical y gritó a Masud:

—Dame la cuerda. Tírame el cabo.

Masud lanzó la cuerda de cáñamo al aire y Caín intentó recogerla. Se desequilibró y casi se precipita al vacío, pero se aferró a un relieve rocoso en el último instante. Se quedó quieto un momento, y con ojos cada vez más furiosos repitió para sí:

—Viejo desgraciado. Muéstrame tu carisma, tu poder, y huye a la montaña convertido en arruí. ¿Dónde están tus poderes, eh, miserable bendito de Dios?

Tiró con fuerza de la cuerda desde lo alto y el cuerpo de Assuf se restregó en la laja de piedra, arañándole la espalda y haciéndole soltar un quejido contenido. Caín pasó el lazo por el saliente más elevado. Masud lo ayudó empujando hacia arriba el cuerpo del beduino atado por los pies. Assuf gimió de nuevo. Caín observó el cuerpo colgando, pero no le gustó la posición. Bajó por el otro lado y corrió hacia el vehículo. Regresó con otra cuerda y subió a la roca por el mismo lado horizontal que conducía a la línea de colinas. Ató la cuerda nueva a la mano derecha y la fijó a un resalte cercano hacia la derecha de la roca. Sacó un cuchillo de su bolsillo y cortó la cuerda. Bajó de la peña y deshizo el primer nudo con el cuchillo. Ató el pie derecho con la cuerda nueva y tiró hacia la derecha, en paralelo a la mano. Volvió al pie izquierdo, lo anudó bien con la cuerda y lo alejó del otro pie fijándolo a un saliente más lejano. Assuf estaba ahora en cruz, abierto de piernas y brazos. Su cuerpo cubría el solemne arruí y la mano del Sacerdote parecía palmearle la cabeza desnuda sin turbante.

Su barba encanecida y su cabeza con calva incipiente se mostraban ahora. En sus ojos había estupor. La máscara del Sacerdote parecía aún más enigmática.

—¡Habla! ¿Dónde habita el arruí, miserable? —amenazó Caín.
Pero Assuf repitió su exorcismo con infantil insistencia:
—Solo la tierra saciará al hijo de Adán.

El pacto

La última columna de gacelas había partido. Solo se quedó una gacela, con su cría, en las montañas Hasáwana, confiada en el conjuro heredado de su madre que la protegía de la maldad del ser humano.

Pastaba con su cría por los llanos contiguos a las montañas azules en la oscuridad de la madrugada, y se refugiaba en las peñas en cuanto la luz del alba despuntaba y quebraba el horizonte. Se protegía en las umbrías de las rocas inaccesibles durante el día, moviéndose entre las mudas losas de piedra quemadas por los soberbios rayos del sol y triscando entre las cumbres como el imponente arruí, para así distraer a su cría, retándola en agilidad y distrayéndola con juegos y carreras, hasta que la última gacela hubiera emprendido las largas marchas nocturnas.

La sabia gacela atisbó la melancolía en los ojos de su pequeña, así que le explicó la razón por la que se había atrevido a quedarse, rezagándose de las columnas de manadas migrantes. Antes de entrar en los detalles del conjuro de protección, quiso contarle un cuento edificante sobre la patria. Le dijo que cierta tarde el Creador, tras crear el espíritu, fijó a éste límites encerrándolo en tres cárceles, a saber: el tiempo, el lugar y el cuerpo. La maldición era real, y quien intentara salir de esos límites sería destruido, porque el Creador los había convertido en el destino sagrado de las criaturas, y su quebrantamiento supondría rebelarse contra su voluntad. Y sucedió que una gacela se vanaglorió de su magnífica cornamenta y abandonó el rebaño en la llanura, anheló las montañas y ascendió a la cumbre más alta, ominosa y azul, coronada de nubes, a la que temía acercarse incluso el arruí. ¿Cuál fue el castigo de la escapada? El Creador la castigó con un ave de presa, para quien la altura de la cumbre no era disuasoria. El ave se abatió sobre ella, le abrió el vientre con un golpe de sus garras, y la arrastró por la falda de la montaña hasta devolverla al llano convertida en un cadáver destripado. Así que quien quiera escapar de su espacio, escapará de su cuerpo; y quien quiera escapar de su cuerpo, escapará del tiempo; y quien quiera escapar del tiempo, pretenderá la inmortalidad; y quien pretenda la inmortalidad, blasfemará contra su destino, despreciará el milagro y competirá con el Creador en divinidad; y quien compita con Él en naturaleza divina, será devuelto a la nada. ¿Por qué, pues, huimos de nuestro destino y nos dirigimos a Tassili? ¿Cómo es que hemos dejado los valles de la Hamada, con sus maravillas, sus flores, hierbas y trufas y su brisa, y huimos hasta más allá de la arena, donde se arrastran los reptiles y merodean las fieras?

Aquí su cría se atrevió a discrepar y le aseguró que las fieras que había visto en la Hamada en los últimos años eran más crueles y salvajes aún que las del bosque. La madre asintió con la cabeza, e hizo una pausa con un gesto, antes de comenzar a contarle la historia del conjuro infalible que había heredado de su madre. Le dijo que era un exorcismo sin parangón en todo el Sáhara y que nunca antes una gacela había conseguido uno igual. Sin esa protección no se hubiera atrevido a quedarse en las montañas, pese a su convicción de que la maldición perseguiría a todos los que se marchan y quiebran así uno de los tres pilares en los que se basa la ley de las criaturas. No había vida para el migrante en tierra extraña. La maldición celestial los alcanzaría allá donde fuesen.

La paciencia ante las desgracias es el único exorcismo que protege contra los seres perversos y las fieras.

«En la primavera de hace ya muchos años un nómada viajero descargó sus bártulos en el llano tapizado de hierbas primaverales y gateó sobre sus rodillas entre los arbolillos. Había dejado a su familia en la loma cercana. Oímos a un niño gritar en brazos de una mujer que, débil, se tambaleaba luchando por no derrumbarse. Mi sabia madre dijo que era la sed. Era una familia nómada, atribulada por el sol impenitente en el vasto desierto y agotada por la sed. El bebé chillaba quejándose y llorando, y la madre lo acunaba y consolaba con susurros extraños. El hombre siguió arrastrándose de rodillas hacia nosotros, hasta aferrarse a mi madre. Le rogué que nos fuéramos. No niego que tenía mucho miedo, ya que era la primera vez que veía a un ser humano tan de cerca y en tan penosa situación: le salía espuma por la boca y tenía el rostro cubierto de polvo, con las facciones marchitas y los labios agrietados. La adversa travesía lo había dejado exhausto y tomaba aliento para intentar abrir sus ojos apagados y poder mirarnos. Sus pupilas sobrecogedoras parecían mirar al vacío. El infeliz parecía desarmado. Si hubiera portado un cuchillo no habría tenido que recurrir a ese truco, que no había practicado con nosotros desde que se asomó a los llanos. El rebaño lo contempló con curiosidad. Todos los miembros de la manada eran testigos de la escena y se entristecieron por él. Comenzaron las consultas al margen. La gacela más vieja del rebaño se adelantó y nos habló: el Creador premió a las criaturas otorgándoles la vida. Luego vio conveniente probar en ellas la paciencia y les concedió el desierto, e hizo que el arcano de la paciencia fuera la falta de agua. También instituyó otro arcano en una ofrenda severa: que quien se sacrificara a sí mismo por salvar otra vida, conocería el arcano y ganaría la eternidad. El ser humano, el hijo de Adán, se muere de sed y solo lo salvará la sangre.

En este punto una gacela estricta se opuso: pero el hijo de Adán es perverso y un asesino. ¿Te olvidas, madre nuestra, de cómo derramó la sangre de decenas de miembros de nuestro clan en aquella famosa masacre? ¿Cómo vamos a sacrificarnos en beneficio de ese maldito asesino?

La escuálida Gran Madre replicó, sonriendo con paciencia y pesar: el sacrificio no conoce regateos, ni atiende a la identidad de aquel en cuyo honor va a ser entregada la ofrenda, pues las ofrendas son del Gran Creador. Además, ¿no veis acaso, buenas gacelas, a ese pequeño ángel, aún lactante, entre los brazos de su madre, que no ha cometido crimen alguno ni ha participado en ninguna carnicería?

Una gacela taimada gritó: Que no te engañe su aspecto apacible. Crecerá y matará a decenas de nuestro clan.

La Gran Madre la reprendió proclamando que ella misma se sacrificaría por el ser humano.

Se elevaron voces de protesta y hubo más ruido aún. Me volví hacia el pobre humano, y vi que el agotamiento lo había ya vencido y que tenía su cara contra la arena y las manos enterradas.

Aquí vi a mi madre saltar junto a la anciana sabia y gritar a todos:

—No permitiremos que la Gran Madre se entregue como ofrenda y que perdamos así la cabeza pensante que nos ha guiado por el camino correcto. Además, está delgada, escuálida, sin una sola gota de sangre. ¡Miradla, buenas gacelas! ¿Acaso hay sangre en ese cuerpo? ¿Hay una gota de sangre que pueda salvar a una familia? Creo que nuestro venerable pueblo debería estar de acuerdo en permitirme ocupar su lugar.

Se elevaron voces de aprobación, de modo que la Gran Madre dijo, volviéndose a mi madre:

—Hay otro secreto en el sacrificio. La ofrenda inaugurará un pacto entre tu estirpe y la de ese ser humano. Le será prohibida la sangre de tu hija y de los hijos de los hijos de tu hija para siempre. Ese es el pacto: amparo de la ofrenda dada y voto de sangre; y la maldición perseguirá a quien caiga en la tentación de traicionar los lazos de sangre. No hay en el mundo lazo más fuerte que el de la sangre, ni hay crimen más horrendo que traicionar este pacto.

Mi madre avanzó hacia mí. Me besó, me acarició el cuello y me susurró al oído: «Hago esto por ti. El ser humano no te hará daño desde hoy». Luego fue y se entregó al hombre destrozado que enterraba su cara en la arena bajo una retama. No entendí lo que sucedió. Mi mente pequeña no me permitió comprender la crueldad del hecho. No sentí el peligro hasta ver el cuchillo brillar en la mano del hombre bajo los rayos del sol. Ay, si supieras, mi pequeña, qué dolor me desgarró el corazón en aquel momento. Sentí como si una flecha envenenada me atravesara el corazón. Grité. Me abalancé sobre la Gran Madre y la corneé con mis incipientes cuernitos, la llamé «vieja bruja» y salté detrás de mi madre, sobre la que se agolpaba toda la familia humana en aquel momento. La mujer se acercó y metió al niño sediento en las entrañas de mi pobre madre. La habían sacrificado.

El ser humano me apartó con un golpe descuidado, y no sé ahora por qué no hundió también el cuchillo en mi cuello. Volví al rebaño, subí a la colina de enfrente y protesté contra todas las criaturas a los cielos. Me quejé del ser humano, de las gacelas y de la Gran Madre, y pedí que los maldijera a todos en compensación por el dolor que me habían causado. Luego lloré, y he vagado por los llanos sola hasta el día de hoy. Cada vez que recuerdo a mi madre degollada siento el dardo envenenado atravesándome el corazón. Ella hizo aquello por mí y por ti, para que nuestra estirpe disfrutara de protección a lo largo de las generaciones. Su sangre hermanó nuestra comunidad y la de Adán. Ahora nosotros y los hijos de Adán somos hermanos de sangre. Esta protección la hemos comprado a un alto precio».

La sabia gacela terminó su historia, parada y en pie, alzó su cabeza hacia la cumbre, como si leyera un exorcismo dirigido a los cielos.

Por encima de las llanuras orientales seguían dominando las sombras; pero el soplo de la mañana empezaba a quebrar el horizonte con destellos de luz azul que la cumbre de la montaña tomaba prestados, como hilos translúcidos con los que comenzar a tejer sobre su cima un velo azul.

El opio

John Parker era capitán en la base Wheelus y estaba destinado en un destacamento instalado en las montañas de Nafusa en una localización estratégica. Entusiasta de las filosofías orientales desde que fuera estudiante en la Escuela de Orientalismo en la Universidad de California, había leído sobre el zoroastrismo, el budismo y el sufismo islámico. Cuando se alistó en la Marina y llegó al Norte de África en 1957, aprovechó la oportunidad para dedicarse a estudiar las cofradías sufíes. Cuando hicieron escala en Túnez de camino hacia Trípoli, se separó de sus compañeros, que se habían refugiado en una taberna para pasar la velada, y prefirió visitar una sesión de danza sufí. Pese a las estrictas ordenanzas de la Marina estadounidense contra las visitas a lugares de culto y de mal tono, un funcionario de la embajada no vio óbice en darle satisfacción y acompañarlo a una sesión de derviches enajenados por la salmodia y el trance. No fue una buena experiencia. Apenas llevaban unos momentos de pie entre la multitud cuando unos jóvenes intransigentes se fijaron en ellos, los apedrearon y los expulsaron del corrillo.

Regresó al barco con contusiones. Los compañeros ebrios se burlaron de él y le aseguraron que era costumbre asentada en Oriente lapidar a los extranjeros cotillas como castigo.

Lo que más le había impresionado era la opinión de cierto escritor francés recogida en la obra *El sufismo en el Norte de África*, en la que afirmaba que el Gran Magreb había hecho descender el sufismo desde el trono de la filosofía celestial a la tierra de la vida cotidiana, pues en estos países, a diferencia de Levante, ¡no podías distinguir entre el anciano sabio, el derviche pirado o el santón bendito, porque se parecen todos al indigente pedigüeño! Por ello, el sufismo aquí —como filosofía esotérica— era lo más parecido al budismo, puesto que no hacía distingos entre la divinidad del cielo y el indigente en la tierra, y la divinidad no veía inconveniente en ocupar el cuerpo de un simple de espíritu.

En el mismo libro encontró cierto pasaje impresionante que fue el origen de su adicción a la carne de gacela. El autor citaba un texto de un desconocido viajero sufí: «La verdad habita en la manada. Dios puso en las gacelas el misterio y el germen del significado. Pues quien prueba la carne de esta criatura, rompe la debilidad que hay en su interior, rasga el velo que oculta el buen camino y conoce el estado de visión beatífica». Aquella expresión sufí no habría pulsado en él cierta fibra oculta si no se hubiera interesado por opiniones atrevidas de budistas en torno a esas mudas criaturas. En la universidad había repetido ante su amiga Caroline una frase enigmática tomada de las enseñanzas Zen, por la que mostraba gran interés en aquellos días, y que decía que el camino del ser humano para alcanzar el estado de divinidad solo se completaría si el hombre pasaba por el estado animal, se aislaba hasta ser antisociable, callaba hasta perder la capacidad de hablar, y se alimentaba de hierbas hasta olvidar el sabor de la comida. El Creador era más propenso a encarnarse en las criaturas asilvestradas, aisladas en el páramo, alejadas incluso de los animales domésticos que evitaban la soledad del campo abierto.

Le dijo muchas frases de este tipo, pero cometió un craso error al olvidarse de advertir a la joven (que estaba por entonces encandilada por él) que había tomado el texto de un diccionario budista. El resultado fue que ella lo tomó por loco y dejó de amarlo. Aquel oscuro texto sufí le recordaba «el delirio» que acabó con su primera relación con una mujer.

Decidió aprovechar su retiro en las montañas occidentales para averiguar el secreto y probar la carne del legendario animal, por si Dios le abría la puerta y podía disfrutar de la visión beatífica en la morada del espíritu. Le asombraba la coincidencia de los sufíes en considerar que el ganado era merecedor de santidad y de ser encarnación del espíritu celestial por encima del resto de criaturas. Entendió que esta postura corroboraba las enseñanzas budistas del Zen, que concedían a los animales una atención superior al que otorgaban al ser humano y preferirían unos animales sobre otros; pues exceptuaron a las fieras, por ser despiadadas, y reservaron la santidad para los animales pacíficos. Aquel sufí desconocido fue aún más allá, pues llegó a elaborar una larga lista de enfermedades raras para las que no se conocía más tratamiento que la carne de gacela. Apenas hizo saber su deseo de cazarla, lo dirigieron a Caín Adán. Le dijeron: ¡Si ocurriera una desgracia, desaparecieran las gacelas del desierto y solo quedara una, no dudes de que Caín se la comería! Le contaron historias sobre su voracidad y su pasión por la carne. Un derviche ido le dijo con tono enigmático: «En la boca de esa criatura hay un gusano que le haría devorarse a sí mismo si no encontrara otra carne que comer». Era un jeque solitario que solía sentarse con la espalda apoyada en el muro de la mezquita para recibir cada mediodía los rayos del sol, sin mezclarse con nadie, evitado por la gente debido a sus extrañas ideas sobre la religión y el mundo terrenal. A pesar de las advertencias del general de la base de Trípoli respecto a mezclarse con las gentes del lugar, John no pudo resistir la tentación y entabló conversación con el viejo, al que los demás tildaban de hereje además de derviche loco. Al parecer el hecho de que la gente lo evitara era resultado de las disputas de aquel jeque con otros jeques de las demás cofradías sufíes. Una vez lo acompañó a una sesión, durante la cual danzarines en éxtasis se herían la cara y el pecho, blandiendo sus cuchillos en medio del trance. De pie junto a él y alejados de la muchedumbre le dijo:

—Mira esos impíos de la Cofradía Tiyanía, cómo atentan con sus herejías contra el sufismo y el islam. Durante el camino de regreso, John lo sorprendió al preguntarle:

—¿En vuestra cofradía Dios se encarna en las gacelas?

Guardó silencio largo rato, y respondió, como hablando para sí:

—Dios habita en todas las almas. Limitarlo a las gacelas sería incurrir en herejía.

Y volviéndose hacia él remató:

—Eso es una innovación de la Tiyanía.

John había leído sobre las masacres entre cofradías sufíes en el Norte de África. Supo por el derviche que era seguidor de la Cofradía Qadiría y que eso le había acarreado vejaciones, pues los jeques de la Tiyanía habían querido dar con él un escarmiento público. Aquella noche las opiniones del viejo derviche sorprendieron a John Parker. Continuando con la cuestión de la encarnación divina en los seres terrenales, afirmó:

—Nuestra diferencia con vosotros los cristianos reside en esto. Vosotros decís que el Mesías es Dios y circunscribís Su majestad a una sola criatura, mientras que nosotros opinamos que Él se encuentra en todas las personas; más aún, en todos los seres. Nuestra religión es más justa que la vuestra.

El sabio derviche le hizo cambiar su forma de ver la vida al modo sufí. Cuanto más se interesaba, más verdades descubría que merecían ser tomadas en serio.

El derviche *qadirí* le reveló muchos secretos. Después de que su relación con Caín se estrechara y este comenzara a proporcionarle carne de gacela, descubrió que, como los budistas del Tíbet y del Himalaya, el viejo jeque no comía carne y se alimentaba sólo de pan de trigo. Cuando cierta vez le confió de pasada el asunto del arruí, le susurró con un tono extraño como deseando revelarle un secreto que nadie más conociera: «¡El aceite, de Garyán; el dátil, de Fazzán; y la carne, de *waddán*, o sea, de arruí!». Se rio y añadió: «¡Ay, si los herejes de la Tiyanía supieran que revelo los secretos del desierto a los cristianos, me lapidarían!». Le dirigió una larga mirada, y acabó con el mismo tono enigmático: «Pero el arruí es otra cosa ciertamente. Lo probé hace tiempo cuando comía carne. El misterio divino reside en el arruí».

Recordó esa conversación cuando Caín le vino para comunicarle que las gacelas habían desaparecido del desierto y para pedirle el helicóptero para peinar las montañas Hasáwana.

—Se han visto gacelas desperdigadas por allí. El Hasáwana es su último refugio.

—Pero tú sabes que peinar el desierto con el helicóptero está prohibido. Las órdenes son claras al respecto —le respondió John—.

—Quien quiere rosas soporta sus espinas. ¿Conoces ese dicho?

—Ja, ja, ja, quien quiere rosas soporta sus espinas. Es cierto. Pero yo no sé quién quiere las rosas más: yo, o esa criatura a la que los gusanos le devoran los dientes y no puede aguantar sin carne un solo día.

Caín se rio, pero la broma lo ofendió. Su encarnado rostro curtido ocultó su irritación.

—Hemos acabado con las gacelas —dijo John— y ha llegado el momento de ocuparnos de los arruís.

—Ah, el arruí.

Calló y sorbió un trago de té.

—La caza del arruí es difícil —sentenció—. Se oculta en las umbrías de las montañas de los desiertos del sur. Viajar hasta allí requiere preparación. Hacen falta caravanas de vehículos y expertos, y tú escamoteas un mero helicóptero para peinar el Hasáwana. Quien quiere rosas soporta sus espinas, John. Y las espinas del arruí son más duras que las de las gacelas.

—Por Dios que no sé cuál de nosotros no quiere soportar las espinas. Tú no quieres soportar las espinas del desierto. Quieres recoger el fruto sin sufrir el sol y la arena. Quieres cazar las gacelas con guantes de seda, ja, ja, ja. No te gusta el desierto. El jeque El Yalluli, a quien los jeques de vuestro país consideran un derviche loco, sostiene que el agua purifica el cuerpo y el desierto purifica el alma. No he visto entre vosotros nadie más fiel al desierto, a pesar de que ni disfruta de sus bondades como vosotros ni se come sus gacelas. Tú, Caín, tú escupes en el plato del que comes. El desierto no te purificará porque no lo amas. Y ahora quieres caravanas enteras que te lleven a cazar arruís a las tierras del sur. ¿Es que quieres chantajearme como me has chantajeado todos estos años con las gacelas? Eres un egoísta, un codicioso y un vago…

Caín no mostró indignación alguna, sino que respondió indulgente:

—Si he acabado con las gacelas ha sido con tu ayuda. Me proporcionaste coches y fusiles automáticos, y comiste tu parte de las presas cobradas. Eres tú quien ha exterminado las gacelas del

Sáhara después de calentarme la cabeza con historias sobre secretos divinos entreverados en la carne del pobre animal. Tú eres el criminal. Alabas a las gacelas y dices que son puras, pero devoras su carne pretendiendo que buscas un arcano que solo existe en tu cabeza de infiel. Finges proteger a los animales y eres más codicioso que yo y que todos los carnívoros del desierto. El gusano que te carcome los dientes es peor que el mío.

No había más remedio que dar una batida por las montañas Hasáwana para descubrir las gacelas que algunos de paso afirmaban haber visto por allí. Salieron con el helicóptero en un viaje ilegal que el jeque El Yalluli condenó. Desde que supiera del encargo de matar gacelas evitó a John, le retiró el saludo y le envió amenazas y maldiciones con intermediarios. Un día de viernes John se topó con él cerca del muro del mercado viejo. El Yalluli bajó la cabeza e intentó escabullirse, pero John lo interceptó. El jeque musitó apenado:

—¿Cómo pretendes ser de la religión del Mesías? Ni tú tienes nada con Él, ni Él nada contigo.

Se lio el manto a la cabeza y desapareció entre el gentío. Desde aquella ocasión no volvió a verlo, ni pudo olvidar la expresión de dolor en sus ojos cuando pronunció aquellas severas palabras. Sólo en ese momento comprendió John el crimen atroz que había cometido contra la más bella de las criaturas. Pero, ¿qué podía hacer si la carne de gacela era como el opio? Quien la prueba se habitúa a ella, y quien se habitúa, enloquece sin ella.

La carne de los parientes

Media tarde.

En el horizonte se divisaba la cumbre de la montaña aún envuelta por el embozo azul. Con el avance del día y la arrogancia del sol, el tejido se difuminaba y se hacía celeste. Es la única cumbre del Sáhara que viste un velo celeste. Al alba en el yermo le gusta tejerle a la montaña un turbante azul que lo protege de los vaivenes de la naturaleza en el desierto.

Caín se sentó junto al comandante del helicóptero. John se situó junto a Masud en los asientos traseros. El piloto era negro, con el rostro coronado por una nariz de tamaño legendario. Parecía hosco y de rasgos serios, pero esa sobriedad se despejó apenas sonrió. Su boca estaba engastada de dientes maravillosamente blancos y su risa era contagiosa. Cuando reía era difícil que parara, aunque el capitán John Parker lo reprendiera o le diera un toque con su elegante fusta.

La "langosta legendaria" sobrevoló el espacio limpio y cruzó las planicies vacías y silenciosas de la Hamada. En el laberinto del campo abierto se desparramaban arboles de azofaifo, acacias y retama, desperdigados en las llanuras y apretados en algunos cauces agraciados recientemente con torrentes de agua. Asimismo, podían verse algunas hierbas aferradas en los desfiladeros que bajaban desde los promontorios y que seguían verdes en algunos puntos. Las hierbas de las cárcavas recogían mejor el agua excedente de las zonas altas.

Las aves migraban al norte.

Durante todo el trayecto solo se toparon con un pájaro solitario que volaba a gran altura, impulsado en el aire por unas alas agitadas al ritmo de quien tiene la determinación de recorrer una larga distancia. Era también otro migrante.

Todos abandonaban el Sáhara con la cercanía del verano, de modo que el yermo quedaba enfrentado tenazmente a los espejismos, la quietud y los rayos del sol.

No vieron una sola gacela durante el viaje.

Las gacelas no emigran hacia el norte como los pájaros, sino que van en dirección contraria, hacia el sur.

Caín se asomó por la ventanilla de la "langosta" y señaló una herida casi cicatrizada en la oscurecida tierra gris:

—¿Habéis visto? Es la senda que dejan las gacelas al emigrar.

La delgada línea en la piel de la dura tierra tapizada de piedras negras conducía a las montañas Hasáwana. La gran "langosta" viró en torno a la montaña desde su lado oriental y voló en paralelo hacia el sur. El desierto de arena se extendía hasta donde alcanzaba la vista. En la profundidad de los arenales vieron copas de palmeras agrupadas y entrechocando, como si se musitaran exorcismos secretos para hacer frente a la polvareda.

Ahí terminaba la Hamada.

Y ahí comenzaba el gran mar de arena, eterno proveedor de ignorados laberintos. Ahí se ocultaban las criaturas que huían de las matanzas de la mano del hombre.

La "langosta" voladora se desvió trazando un amplio círculo, manteniéndose sobre las pendientes de la cadena montañosa, y siguió sobrevolando a baja altura hasta el mediodía. Los ríos de espejismos se habían desbordado ya y amenazaban con arrasar los pies de las montañas.

John Parker estaba desesperado y Caín se aburría. El sudor caliente le irritaba las sienes. John gritó para sobreponerse al ruido del motor:

—No hay rastro de tus gacelas en Hasáwana.

Caín le respondió con un grito de frustración:

—Los pastores las han visto hace sólo unos días. ¿Cómo les ha dado tiempo a refugiarse en el mar de arena?

El turbante celestial había ya desaparecido del pico de la montaña, dejando al descubierto una calva pétrea.

—Mejor será que regresemos —gritó John.

Un silencio sombrío se impuso. El helicóptero del demonio siguió girando como un molino. La sórdida "langosta" vagaba por las laderas de la cadena montañosa inspeccionando oquedades, peñas y desfiladeros desnudos, hasta semejar, en la lejanía, un águila en su búsqueda denodada de una presa.

Se posaron frente a la montaña.

Buscaron un refugio donde protegerse del sol maligno. Las cuevas oscuras dominaban las zonas altas de la montaña. El camino hacia ellas discurría entre lajas lisas y rocas brutales armadas con piedras como colmillos. Entre las piedras se aferraban tenaces hierbas silvestres rodeadas por lenguas de arena dispersas. Sobre la arena suave se dibujaban huellas de serpientes, lagartijas, lagartos y jerbos del desierto.

Sobre las arenas doradas Caín encontró otras huellas: ¡Gacelas!

¿Sería un rebaño? ¿O las mismas gacelas de las que hablaron los pastores?

Saltó entre las piedras y descendió de la montaña como un poseso.

—¡Gacelas, gacelas! ¡Al helicóptero! —chilló.

El grupo se precipitó hacia la "langosta". Caín añadió, casi sin aliento:

—Las huellas están aún frescas. Y he encontrado boñigas también. Se ocultan en algún lugar cercano.

Se quedó de pie junto al helicóptero, secándose el sudor de la cara y resollando de la excitación y la fatiga.

En aquel momento la vio. Buscaba la sombra de una gran peña, a la izquierda de la falda de la montaña, donde se abría un desfiladero angosto que descendía hasta perderse en la vaguada. Sus ojos grandes, negros e inteligentes hablaban una lengua desconocida, le comunicaban algo y le revelaban un secreto. Sí, sí, un secreto que intuía, pero que no comprendía. Y lo más duro, más cruel aún que la propia existencia, era sentir ese secreto y ser incapaz de comprenderlo. ¿Qué querría decir ese ser bellísimo?

Intercambiaron una mirada sostenida. Ella no se movió. A su lado tenía su cría pequeña, que lo observaba también con mirada enigmática. También le hablaba, coincidiendo con su madre en lo que decía, apoyándola. ¡Qué cruel era ignorar la lengua del rebaño! No sólo sentía respeto, sino miedo. No supo cómo Masud lo sacó del arrobo tirándole de la manga. El piloto negro se reía mostrando su dentadura perfecta:

—*Oh, my God! What's he waiting for*?

Se derrumbó en el asiento como ausente. Sudaba profusamente y con la respiración acelerada. John hablaba, y Masud también. Los tres hablaban entre ellos. Parecía que no habían visto lo sucedido. No vieron el encuentro.

El helicóptero se elevó.

Pero Caín no volvía en sí. Había perseguido y cazado gacelas desde que tenía uso de razón, pero nunca había llegado a entrever a un ser humano en ninguna de ellas.

Estaba sorprendido de no haberle disparado. Se había olvidado completamente de la escopeta y de que estaba de cacería. Había olvidado que era Caín, hijo de Adán, adicto a la sangre y la carne. No podía creer que Caín hubiera permitido renunciar a apretar el gatillo teniendo una esbelta gacela plantada ante él. ¿Pero era aquella una gacela de verdad? ¿Era él verdaderamente Caín?

El helicóptero volaba a posta a baja altura, siguiendo la cadena de montañas hacia el oeste.

—Nunca jamás habíamos visto gacelas quedarse por las montañas —comentó Masud.

Nadie quiso responderle, así que se vio obligado a concluir:

—¡Los sabios dicen que eso el signo del día del juicio!

El aire corría en las alturas y les enfriaba los hilos de sudor, pero las caras largas continuaban.

John se prestó a darle conversación:

—Vuestros jeques ven en cada fenómeno natural una señal del cielo y el signo de los signos.

Masud se rio y contestó:

—Tienes razón. Si te creyeras todas sus predicciones, el día del juicio habría acontecido ya mil veces por lo menos.

Luego miró a John y afirmó socarrón:

—Aunque tus amigos jeques de la cofradía ven eso también.

—El Yalluli no opina lo mismo. Jamás me habló de señales del último día.

—Porque es un tipo mundano. Y por eso se ha ganado la hostilidad de las demás cofradías.

—Quizá sea al revés. Quizá sean ellos los mundanos y a él lo tilden de heterodoxo por contradecirles. El Yalluli es un jeque espiritual y una persona virtuosa.

—Basta con que un cristiano diga eso de él para que sea prueba de cargo y una herejía.

—¿Es esa tu opinión, o la de los jeques herejes?

—Ja, ja, ja. Quizá sea mi opinión también.

—Nadie está a salvo de las tretas del ser humano.

—Ja, ja, ja. Esa es una expresión de las suyas. No hay duda de que es un zorro taimado, capaz de dominar hasta a los cristianos. Los otros jeques no son tan peligrosos como él, ja, ja...

Caín no participaba en la discusión. El negro risueño se carcajeaba sin entender una palabra de lo que se decía.

La cadena montañosa acabó y John ordenó a su subordinado que girara y regresara por donde habían venido.

La circunferencia cubrió un área amplia sobrevolando el lecho seco, antes de que el piloto virara de nuevo hacia la montaña.

Desde el cristal de las ventanillas contemplaron el tapiz de piedras puntiagudas.

John se burló de Caín:

—No sé cómo se las va a ingeniar Caín para alimentar al gusano de sus dientes. No lo hay más malo en el mundo.

Caín aprovechó el momento:

—Así es. Ni rastro de gacelas. Mejor es que volvamos.

En ese instante chilló el negro:

—Oh! Look! Look!

El pelaje de la madre brilló entre las rocas oscuras y desapareció con la misma rapidez con la que había aparecido. El negro dirigió el aparato hacia ella y sobrevoló la gruta, en cuya abertura la vio ocultándose, intentando proteger a su hija con su cuerpo.

Estaba aterrorizada.

La "langosta" se cernió justo sobre la boca de la oquedad. El piloto gritó:

—*Fire!*

Masud y John le secundaron como una sola voz:

—¡Dispara!

Él también estaba aterrorizado. Apuntó el fusil hacia la gruta y sus miradas se encontraron. Apartó la cara, cerró los ojos y apretó el gatillo. Tras la detonación se enjugó con la muñeca el sudor que le caía sobre el rostro. La agitación del grupo parecía henderle la cabeza y tragarse incluso el ruido del motor. Se volvió hacia la oquedad y vio a la cría agitándose en el suelo. La madre estaba sobre ella, goteando sangre y lamiéndola de su pequeña abatida. De repente saltó y corneó salvajemente la pared de piedra del desfiladero. En sus ojos había ahora otra expresión completamente diferente. ¿Sería un inmenso dolor?

Saltó a campo abierto. Alzó la cabeza hacia el cielo límpido, roto por los rayos del sol, mientras aullaba con la angustia del chacal hambriento. Por primera vez se oía una gacela aullar como un chacal.

Luego se echó al suelo, cayendo sobre su flanco derecho, y orientó la cabeza hacia la quibla. La aterradora expresión seguía en sus ojos. Caín no pudo ni acercarse. El grupo saltó hacia ella.

En la mano de Masud brilló un cuchillo.

Aquella noche Caín, hijo de Adán, no solo había matado a una criatura hermana suya, sino que también se comió su carne.

Los amuletos

Había probado la carne del arruí una sola vez.

Unos comerciantes de una de las caravanas de Agadés habían traído una pieza de carne y su vecino le regaló un gran trozo seco.

Mordió una parte y dejó el resto para el banquete. Había acordado con Masud y John Parker que sería la noche del viernes en Wadi Sidr, el valle que dibuja la frontera natural, por el este y el oeste, entre el oasis montañoso y la Hamada.

Caín despachó a un chaval con el encargo a su exesposa de que le preparara las especias y los adobos necesarios para cocer la carne mágica. Su exesposa era una mujer hermosa y bien plantada, pero de carácter seco. Tal vez haberse hecho a sí misma le había concedido esa traza varonil. Vivía con su familia, pero se mantenía a sí misma cardando lana, tejiendo hojas de palma y mantos que mandaba a vender al mercado. Se decía que había sido ella quien tomó la iniciativa de pedir el divorcio, que justificó afirmando que quería salvarse antes de que la bestia se la comiera. En sueños había visto que su marido exterminaba las gacelas de la Hamada, regresaba a casa y, como no encontrara carne, saltaba sobre ella y la devoraba. Siempre agradeció a Dios no haber engendrado hijos con él. Consiguió el divorcio del juez con el consentimiento de Caín. De hecho, aquello no hizo que le fuera hostil, sino que, por el contrario, la relación entre ambos se tornó más cálida y humana. Muchas veces se la había visto enviándole una niña con una fuente de cuscús, o doblando la espalda para lavarle la ropa junto al pozo.

En el convite, los amuletos fueron una sorpresa.

Masud no fue el único que apareció con un amuleto al cuello. John también llevaba otro. Se sentó cruzado de piernas junto al fuego, sacó el amuleto de cuero adornado con signos de los hechiceros negros y lo exhibió ante su rostro. Caín lo cogió, lo examinó entre sus manos, y dijo extrañado:

—Son signos de los hechiceros de Kanu. Esta letra y estos símbolos son suyos. ¿Cómo ha llegado un talismán así a las manos de un americano cristiano que vive en las montañas de Nafusa?

John y Masud se rieron. Masud, guiñando como un diablillo, aclaró, al tiempo que cebaba las tripas de la lumbre con más leña:

—Ha sido cosa mía. Lo llevé al hechicero negro que vino en la caravana. A mí me hizo un amuleto idéntico.

Se desabotonó la camisa caqui y mostró un trozo de cuero, tatuado también con signos mágicos.

—Os creéis que soy imbécil —gritó Caín—. Nadie me ha dicho nunca que hicieran falta amuletos para comer arruí.

—Todo el mundo lo sabe —respondió Masud—. Hasta los niños de las montañas se lo saben. El arruí es un animal poseído. Es el espíritu de las montañas. Quien lo prueba una vez debe protegerse con un amuleto. Lo de los espíritus no es cosa de broma. Se puede hacer de todo, menos jugar con ellos.

Le dio vueltas al amuleto, se lo guardó bajo la camisa, y añadió:

—Si hasta John conocía este secreto, ¿cómo es que tú no?

—¿Y quién sino tú se lo enseñó, canalla?

—Yo lo llevé al curandero de la caravana, no más.

—¿Y quién se lo iba a haber enseñado sino tú?

—Pregúntale.

John se rio y explicó, mientras observaba el vapor que salía del caldero:

—No te olvides que soy seguidor del jeque de la Cofradía Qadiría, a quien acusáis de ser un derviche chalado.

—¿Y ya habéis hecho las paces?

—Insiste en romper conmigo. No me perdona lo de matar gacelas. Me dijo que ni soy de la religión de Jesús, ni Jesús es de la mía. Me evita…

—Tiene razón —rio Caín—. Eres el mayor criminal que ha entrado en este país. ¿Quién sino tú trajo a la Hamada los Land Rover, los fusiles automáticos y esas “langostas” voladoras?

—¿Y tú? Tú eres el jefe de la expedición. Hemos hecho todo esto para acallar el gusano de los dientes del líder de la expedición.

Las risotadas resonaron en el yermo.

—Si hubieras visto a ese horrible hechicero negro interrogando a John, te habrías muerto de risa —contó Masud—. Se quedó mirándolo fijamente un buen rato con ojos enrojecidos, y de repente le preguntó: ¿Cómo se llama tu madre? Y John le dijo: ¿No te basta con el nombre de mi padre? El brujo respondió: Sin saber el nombre de tu madre no funcionará. John dijo: Pero mi padre es mi padre. El negro se hartó y le gritó: Tu madre es quien te ha parido, pero de tu padre no se puede estar seguro. Yo me reí, pero el anciano me calló con una mirada dura de esos ojos inyectados en sangre. John dijo: Todos dudáis de las mujeres de los cristianos y pensáis que son unas libertinas desvergonzadas. El mago zanjó: Dudamos de todas las mujeres de la tierra. La mujer es la mujer; y su compañero es Satán, tanto si es de Kanu como si es de las islas Waq Waq. Nosotros, los sabios de lo oculto, no damos por hecha la paternidad de nadie, porque vemos las cosas como son, sin conjeturas. ¿Quieres revelar ya el nombre de tu madre, o quieres arriesgarte a comer sin el amuleto carne habitada por los espíritus? Aquí John se rindió y confesó el nombre de su madre.

Las risotadas resonaron otra vez y el eco se perdió en la distancia, el silencio y las sombras.

Caín volvió al tema:

—¿Es que está escrito que sea yo el único de nosotros que pruebe la carne de arruí sin protección?

Masud aseguró mejor la olla en el triángulo hecho de piedras y añadió leña debajo.

—No tengas miedo —contestó—. Eres el único destetado con sangre de gacela. Eres el espíritu de las llanuras, como el arruí es el espíritu de las montañas. Un espíritu es inmune a otro espíritu, gracias al poder del Señor.

Caín repitió como ausente el viejo exorcismo:

—Aceite, el de Gharian; dátil, el de Fazzán; y carne, la del *waddán*, o sea, del arruí. ¡Dios! ¡Dios! ¡Carne de arruí! ¡Nada de carne de gacela!

Se hizo el silencio y las sombras se hicieron más densas.

Caín apartó unas ramitas que el fuego devoraba y con ellas arrastró brasas a un lado, sobre las que colocó la tetera. Masud no dejaba de añadir leña al fuego de la ofrenda.

—He leído algunas cosas sobre el misterio de las gacelas —comentó John—, y al parecer aquel sufí desconocido no era muy preciso. Hace unos días fui a la biblioteca en la base en Trípoli y busqué en una enciclopedia información sobre el arruí. ¿Sabíais que este animal se extinguió en el siglo XVII?

Masud intercambió una mirada con Caín. John siguió hablando con la vista fija en la lumbre:

—El último ejemplar fue abatido por un príncipe francés en 1627. ¿Cómo es que ha aparecido en el Gran Desierto del Sáhara?

Masud justificó:

—Nuestro desierto es santuario de todos los tesoros, incluyendo los animales desaparecidos. No te extrañes.

John observó el fuego que devoraba la leña, y musitó, como en sueños:

—Entonces vuestros brujos están en lo cierto. Si el secreto se encuentra en un animal extinto, el asunto requiere ofrendas y amuletos.

Aquella noche John Parker no fue el mismo. Su voz tomó prestados los susurros de los genios de las colinas y la mágica quietud del desierto. Hablaba como un sacerdote animista.

La revelación

Antes de aquella revelación, Caín no creía que hubiera en la tierra un animal con ojos que pudieran rivalizar con los de la gacela en locuacidad, magia e inteligencia. Opinaba que eran unos ojos sin parangón, no solo entre los animales en general, sino entre todos los seres vivos. El secreto no residía en su belleza como tales ojos de gacela, sino en su misterio. Lo decían todo, incluso aquello que el verbo era incapaz de expresar; y eso sin articular palabra y sin un idioma.

Tras el banquete de la noche de aquel viernes estuvo una semana sin probar la carne. Masud no consiguió hacerse en el mercado con un cordero a crédito, así que Caín se quedó en cama, con la jaqueca machacándole la cabeza, los gusanos royéndole los dientes y sufriendo náuseas.

Por las tardes se le encabritaba la fiebre y vomitaba una y otra vez. Su exesposa le vino con una sopa de alholva, pero se negó a beberla al notar que no desprendía olor a carne.

—Es buena. Baja la fiebre —le insistió Masud.

Apartó el plato y repitió medio inconsciente:

—La carne es lo que me cura. Tú lo sabes. Me va a estallar la cabeza. No puedo más.

Conseguir carne no era asunto fácil en aquellos años. La gente de los oasis no hacía matanza salvo en la Fiesta del Sacrificio, y raramente colaboraba en reunir entre todos las piastras con las que comprar cabras o corderos para dividir luego la carne en porciones que repartir entre las familias participantes. En los años en los que los cielos tenían a bien llover copiosamente, la gente se aventuraba a matar en común un camello, en beneficio de los pobres menesterosos incapaces de abonar una cuota, ya que dar limosna de una pieza sacrificada, en esas fechas, era algo que los acercaba al cielo generoso de lluvias.

Pero en los meses normales, los pobres no esperaban obtener nada de los sacrificios; así que entornaban sus puertas, apagaban los hogares en las casas y encerraban a sus hijos para que no les excitara el olor a carne de las otras viviendas. Pese a ello, muchos adictos caían afectados por esa enfermedad oculta provocada por la carencia de carne.

A Caín, que había consumido carne de manera exagerada y había mimado su cuerpo con el género más suculento, no se le había pasado jamás por la cabeza que llegara el día en que se agotara esa reserva divina de gacelas que pululaban por la Hamada.

Ni jamás imaginó que el más despiadado cazador que había conocido el Sáhara pudiera caer postrado en el lecho del dolor, indefenso, derrotado por las jaquecas que le provocaba la falta de carne.

Al día siguiente Masud vino del campamento de John con latas de atún y de sardinas, y de otra carne roja conservada en una lata rosada y circular que John llamó carne de ave.

Caín casi vomita las tripas. Masud estuvo rondándole toda la noche; luego le dejó prendida la lámpara de gas sobre la cabeza y regresó a su casa. Justo al salir Masud se le apareció el arruí. En su testa había dos cuernos enormes, curvados hacia atrás hasta el lomo y de nuevo a la cabeza. Bajo la tenue luz de la lámpara vio aquellos ojos. ¿Le susurraban el secreto de las criaturas? ¿Le hablaban de la formación del desierto y del universo? ¿Decían algo del día del Juicio Final? ¿Narraban la historia de su traición a las gacelas? ¿Le prometían venganza? Dialogaron por turnos. Se perdió en ellos y ellos se perdieron en él. Así que ni supo dónde estaba ni quién era. Él era el arruí, y el arruí era Caín.

El animal misterioso lo conminó a emprender un viaje y se perdieron juntos por el desierto. Cruzó con él la Hamada cabalgando en su lomo. Pasó hambre y sed, con la jaqueca machacándole la cabeza. Y supo que el Gran Arruí había volado con él sobre las olas del mar de arena y se había adentrado en otro desierto inundado de espejismos y de rayos del sol que se derramaban por sus dunas. La sed, el hambre y el dolor de cabeza se agravaron hasta casi caerse del Gran Arruí. Llegó con él a un desierto montañoso de pendientes escabrosas, con cárcavas umbrías y cuevas negras como fauces abiertas. El arruí se desplazaba entre las peñas escarpadas con agilidad asombrosa. El cansancio lo había derrotado; pero el hambre era más inclemente que todos los padecimientos, de modo que el gusano de sus dientes se recompuso, mordió el pescuezo del arruí y se tragó un trozo de carne. A pesar de ello, el animal no dejó de saltar entre las rocas de las montañas. De nuevo hundió los dientes en su cuello y le arrancó otro trozo de carne. Y siguió arrancándole carne sin que cesara, no solo de correr, sino de acelerarse a cada mordisco, hasta que sus pezuñas dejaron de tocar el suelo y siguió volando, como colgado del aire. El animal subió hasta una montaña elevada y descubrió entonces que estaba sentado a lomos de un pobre hombre que no conocía, enjuto y espigado, cuya nuca le sangraba. Antes de despertar del horror de la transformación, el hombre levantó hacia él su rostro triste y le dijo: «El hijo de Adán sólo se sacia con la tierra», y lo arrojó desde lo alto de los cielos. Y se vio volando hacia el abismo.

[…] *entonces fue cuando la Libia, cuando el calor absorbió la humedad, se volvió una tierra árida; entonces lloraron las ninfas, con el cabello alborotado, por las fuentes y los lagos.*

OVIDIO, *Metamorfosis*, s. I a.C.
Trad. Ely Leonetti Jungl, Espasa-Calpe, 1963

La piedra sangrante

El sol se mostraba soberbio en los rayos del pleno día, así que fue incapaz de abrir los párpados. Después del amanecer el sol siempre aparece enojado, arrogante y vengativo, sin doblar el espinazo hasta la caída de la tarde. Cuando le alcanza la vejez, se inclina humillado e implorante, antes de apagarse en la extinción de cada día.

Recordó cómo el arruí poseído lo había arrastrado hasta arrojarlo al abismo y lo había dejado allí, colgando en el borde; y que si no hubiera sido por el gran secreto heredado de su padre, si no hubiera sido por la paciencia —el único secreto capaz de vencer al desierto—, no se habría salvado de aquella trampa.

Pero aquel suceso terrible le ocurrió en plena juventud. Esta vez la senectud lo obligaba a bajar la cabeza y a rendir el cuerpo sobre la roca, como se rinde el soberbio sol cuando desaparece con la puesta. Si no hubiera sido por esa debilidad, no se habría entregado tan pronto al tercer estado. Cuando lo del abismo, resistió largamente. Más aún, resistió incluso cuando tiró de él el arruí fantástico, pues se vio arrastrado por la pendiente antes de que ese estado lo embargara, el estado del lagarto poseído, que es cazado y sacrificado por la mañana y colocado en el morral, y que cuando se le arroja a la hoguera, ya de noche, huye del fuego pese a estar muerto. Y he aquí que él se aleja de la vida, pero no entra en la muerte: llama a una puerta que está entre la vida y la muerte.

Caín se plantó delante del cuerpo puesto en cruz sobre la piedra. Se golpeó la cabeza con ambas manos para mitigar la irrupción del dolor de cabeza. De su boca colgó un largo hilo de saliva, brillante al sol de la tarde, que cayó al suelo. El viento sur soplaba y aumentaba el nerviosismo de Caín:

—Habla, viejo desgraciado. ¿Dónde has escondido tus camellos?

—Al hijo de Adán solo lo saciará la tierra.

El pastor murmuró su exorcismo mientras se desvanecía tras una puerta entre cielo y tierra, entre la vida y la muerte.

Caín se golpeó la cabeza con el puño, y gritó a Masud:

—Me acabo de acordar ahora. Ese es el animal que se me apareció aquella noche. Ese es el demonio que me arrojó al abismo. ¿Cómo no me he dado cuenta antes? ¿Cómo he podido olvidarlo? ¿Qué fue lo que me trajo desde allí a este yermo? Lo recuerdo. Estaba agarrado a sus cuernos. A esos cuernos del demonio. Ja, ja, ja… Por Dios, mira sus cuernos. ¿No son esos los cuernos del maldito Satán del que habla el Corán? Ja, ja, ja…

Cada vez que Caín se doblaba por las risotadas histéricas, se le caía aún más saliva en brillantes filamentos, hasta llegar a asquear a Masud. Nunca había visto a Caín en tal estado, y sintió una extraña preocupación. Se acercó a su amigo suplicándole:

—Basta, ya vale. Deberíamos irnos. Buscaremos carne en el oasis más cercano. Te prometo que encontraré carne para ti.

Le apartó la mano con brusquedad y le espetó:

—¿Estás loco? ¿Bromeas? ¿Te burlas de mí? ¿Hemos cruzado el Sáhara y hemos pasado fatigas, hambre y sed para luego volvernos sin un arruí? ¿Volver fracasados a los oasis? ¡Vete, márchate!

Los ojos parecían hundírsele en las cuencas, cada vez más hostiles y duros. Se fue hacia la jaima.

—Mejor sería que le arrancaras de la lengua a ese desgraciado dónde esconde sus camellos en lugar de decir chorradas.

Trasteó un momento entre los platos y cubiertos y regresó pálido al arenal. Las mejillas se veían ya hundidas y los ojos parecían a punto de saltar. En sus pupilas había un brillo que agravó aún más el extraño desasosiego de Masud. Vio un cuchillo brillarle en la mano mientras se encaminaba hacia su víctima. Corrió y le cortó el paso.

—¿Qué vas a hacer, Caín? —suplicó—. Te ha dado una insolación. Mejor nos vamos ahora, ya mismo…

Tragó saliva con dificultad y añadió, hincándose de rodillas ante su amigo:

—Yo sé dónde guarda sus camellos. Iremos a Massak Mallet, es a unos kilómetros de aquí.

Caín soltó una risa loca, y advirtió, blandiendo el cuchillo en el aire:

—Ya no necesito tus camellos. Tengo el mío. Tengo a mi víctima. ¡Mira! ¿No ves el arruí allí colgado? Es el arruí. ¿Cómo no me he dado cuenta antes? Ja, ja... ¡Qué tonto soy!

Se golpeó la cabeza con la hoja del cuchillo y avanzó tambaleándose. Masud se incorporó y lo interceptó de nuevo, pero Caín le dio un fuerte empellón. Perdió el equilibrio y trastabilló hacia atrás. Cayó al suelo, pero se levantó de inmediato. Agarró a Caín por la camisa. Intentó arrebatarle el cuchillo de la mano, pero Caín le dirigió una puñalada salvaje. La evitó en el último momento, aunque la punta le sajó en la muñeca. Gotas de sangre cayeron a la arena sedienta.

Caín se detuvo a los pies de Assuf, colgado en el muro de piedra. La cabeza le caía sobre el pecho. Estaba pálido. Los labios, blanquecinos y agrietados por la sed y el viento sur. Su cuerpo parecía llenar el hueco de la roca, fundido con el cuerpo del arruí, cuyos cuernos se doblaban en torno a su cuello, como una serpiente. La mano del sacerdote enmascarado seguía rozándole el hombro, como bendiciendo el extraño rito.

Caín dio la vuelta para subir a la peña desde el lado occidental. Masud intentó cortarle el camino de nuevo. Abrió los brazos como si quisiera abrazarlo:

—Maldice al Demonio y tira ese cuchillo —murmuró.

Caín movió el cuchillo en el aire, amenazante, y Masud retrocedió. Escaló la roca por el lado horizontal. Soltó una risa salvaje mirando al sol. Luego se inclinó sobre la cabeza del pastor colgado. Lo agarró de la barba y le pasó la hoja por el cuello, con la pericia que da la práctica de degollar rebaños de gacelas en la Hamada Roja. Assuf no gritó, no se resistió. Fue Masud quien gritó, y el eco reverberó por las cumbres aledañas.

Los genios respondieron con lamentos en las cuevas, y las montañas se agrietaron. El rostro del sol se ennegreció y las dos vertientes del valle se ocultaron entre los laberintos eternos. El asesino lanzó la cabeza sobre la laja de piedra delante de la peña. Los labios de Assuf temblaron y la cabeza amputada del cuello murmuró:

—¡El hijo de Adán sólo se sacia con la tierra!

Hilos de sangre descendieron por la pared de piedra. Sobre ese lienzo enterrado hasta su mitad había sido escrito en *tifinag*, con signos parecidos a los conjuros de los hechiceros de Kanu: «Yo, el Gran Sacerdote Metjandush, anuncio a las generaciones venideras que la salvación llegará sólo cuando la sangre del Arruí Sagrado se derrame por la piedra. Entonces tendrá lugar el milagro que borrará la maldición, purificará la tierra y con el diluvio anegará el desierto».

La sangre de la piedra siguió fluyendo sobre la laja conservada en el seno de la arena.

El asesino no vio cómo el cielo se oscurecía y las nubes cubrían el sol del desierto.

Masud subió al vehículo de un salto. Giró la llave de contacto en el mismo momento en el que grandes goterones de lluvia comenzaban a golpear el parabrisas del Land Rover y a lavar la sangre del crucificado en la pared de piedra.

Moscú, 21 de mayo de 1989

AFOCAY AL-ḤAŶARÍ

Memorias de un morisco

I.S.B.N.: 978-84-1136-109-5

Escrita en árabe hacia 1637, combinando autobiografía con crónica de viajes, esta obra de indudable valor histórico y cultural relata, con un rigor no exento de humor, vivencias de un autor polifacético, cuya trayectoria no es la de un morisco cualquiera. Anticipando el destierro de los moriscos en 1609, Afocay al-Ḥaŷarí, alias Diego Bejarano, sale de España clandestinamente hacia 1599 y se exilia en Marruecos, país en el que pasa casi cuarenta años, ejerciendo de secretario intérprete para tres sultanes, antes de acabar sus días en Túnez. Atento en todo momento a la causa de su comunidad en el exilio, el autor narra sus andanzas por España, Mazagán, Marruecos, Francia, Flandes, Egipto, Meca, Túnez, etc., reproduciendo escenas de fe, aventura, romance y milagro en las que se ve involucrado y que son intercaladas por anécdotas curiosas, testimonios impactantes y reflexiones apasionantes sobre temas variados, desde la cristianización, persecución y posterior destierro de los andalusíes o la repercusión del fenómeno de los libros plúmbeos en Granada hasta la posición geopolítica de España en el mundo, la situación política y social en Marruecos y el Magreb, la vida en países como Flandes y Francia o el papel del imperio otomano en la cuenca del Mediterráneo, pasando por contactos mantenidos con grandes ulemas, altas autoridades en Flandes y Francia o los primeros orientalistas holandeses y franceses y disputas teológicas habidas con interlocutores cristianos y judíos.